型録《カタログ》通販から始まる、追放令嬢のスローライフ

2

Nonbeosyou
呑兵衛和尚

illust. nima

Catalog tsuhan kara hajimaru,
tsuihoureijou no slow life

主な登場人物
ブランシュ
ユニコーンの
エセリアルナイト。
肉体派に見えて
実は魔導師。
ノワール
かつて勇者とともに戦った
エセリアルナイトの一人。
その正体は黒竜。
ペルソナ
魔導書で注文した商品を
運んできてくれる仮面の男性。
ミステリアスな雰囲気。
クリスティナ
本作の主人公。
アーレスト侯爵家を追放された後、
異世界と繋がる魔導書を使って
旅商人生活を始める。

ケリー
ラボリュート女辺境伯の夫。
クリスティナを利用しようと
企んでいる。
ソーゴ
気障《きざ》なイケメン商人。
フェイール商店の常連。
エリアス
ヤーギリ川上流に棲む水竜。
気弱な性格だが、
責任感が強い。

プロローグ

はじめまして、私はフェイール商店の店長、クリスティナ・フェイールと申します。

以前は由緒《ゆいしょ》あるアーレスト侯爵家の娘、クリスティン・アーレストとして、礼儀作法や経営論などを学び、侯爵家が経営するアーレスト商会を支えるべく努力を重ねる日々を送っていました。

ちなみに、アーレスト商会は勇者御用達とされる国一番の商会として、国内では一目置かれる存在なのですよ。

今代の勇者様が新たに召喚されるということで、あの頃はその準備に追われていました。

しかし、私を目の敵《めかたき》にする継母《ままはは》とクソ次男……失礼、兄オストールの策略により、侯爵家を追放されてしまったのです。

家を追われた後、名前を改め商人として身を立てようと決意した私は、偶然強力な祝福《ギフト》を授かることに。

その力のおかげで、私は異世界から商品を取り寄せられる魔法の型録《かたろぐ》、【シャーリィの魔導書《まどうしょ》】

との契約を果たしました。

異世界より商品を運んできてくださる仮面の男性、ペルソナさんと交流を深めながら、商店の運営は順調に進んでいました。ところが、ラボリュート領で商売をしていた私は、突然そこの女領主の夫、ケリーに誘拐されてしまったのです。

命が危ぶまれる状況でしたが、女騎士でドラゴンでもあるノワールさん、そして魔導師でユニコーンでもあるブランシュさんの手助けにより、なんとか領地を脱出することに成功。

ちなみに、二人はエセリアルナイトといって、かつて初代勇者とともに戦った凄腕の護衛なのですよ。ただ、一日のうち十二時間しか実体化できないという制約があるため、夕方六つの鐘から朝六つの鐘の時間まではノワールさんが、それ以外はブランシュさんが私を守ってくれることになりました。

その後、私は北の地オーウェンを目指して旅を続けているというわけです。

第一章　勇者が町にやってきた

ラボリュート領から逃走したあの日から、すでに十日。

昼間はブランシュさんに乗って疾走《しっそう》し、夜はノワールさんの護衛のもと、ゆっくりと体を休めることができています。

追手が差し向けられている可能性もありますので油断はできませんが、万が一の時はブランシュさんとノワールさんが守ってくれるというので、ようやく少し落ち着きを取り戻しつつあります。

それでも、一か所に長く留まっていては危険かも知れません。ですので、道中にある小さな村に立ち寄っては、当《あ》たり障《さわ》りのない商品だけを販売して歩いていました。

おかげさまで、衣料品関係の在庫はかなり減りましたよ。

高額なものは貴族や同業者ぐらいしか買いませんので、在庫が結構残っていますが。

あと、お菓子はどの村や町でも人気商品でした。

途中の小さな町では、食堂の主人がレシピを教えてほしいって懇願《こんがん》してきて困りましたけど。

私は作り方は存じ上げません、商品を売るのが仕事ですって正直にお断りを入れました。

それならば、研究も兼ねてすべて買い取るという話にもなりましたけれど。フェイール商店が個人のお客様に商品を販売できる数はお一人様五品まで。

それ以上はお断りしましたけど、奥さんや子ども、従業員も総出で購入すると言い始めましたので、仕方なく取引先に納品したという扱いでお売りしました。

そしていよいよ、オーウェン領も目前。

領内に入るためには、ヤーギリ川という大河を越える必要があるのですが。

「すまないな。渡し船だが、しばらくは出せそうにない」

川のこちら側にある宿場町、ヤーギリに到着した時。

川が増水して渡し船が出そうにないという話をお聞きしました。

っていうか、目の前で濁流《だくりゅう》がごうごうと渦巻き、川沿いの堤防から溢《あふ》れそうになっていて怖いのですけど。

「こ、これ、堤防は決壊しませんよね？」

「それは大丈夫。昔、勇者様が施《ほどこ》した【頑丈《がんじょう》なる加護《かご》】とやらが働いているからな。それ以後は一度だって壊れたことも氾濫《はんらん》したこともないから安心しろ」

渡し船組合の責任者の方が、集まっている商人たち相手に説明をしてくれました。

私の問いかけにも答えてくれてありがとうございます。

するとと、ブランシュさんが難しい顔をしてこちらにやってきました。

「それでよ、姐《あね》さん。ここからどうするつもりだ？」

「まあ、増水が収まるでは待つしかありませんけれど？」

周りの商人たちが隊商《キャラバン》を宿に向かわせています。

早く宿を取らないと、これは部屋がなくなりそうです。

「収まるまでは……ねぇ。この増水は、しばらくは収まらないと思うぞ？」

「え？　何故ですか？」

「川の上流、つまり山の方で大雨なんかが発生して増水したのなら、雨が止んだら晴れるだろうさ。でもな、これはそんな天気の関係していることじゃねぇんだよな」

そう告げてから、ブランシュさんが川に向かって右手をかざしました。

「……やっぱりか。この川の水には、水竜の魔力が少し混ざっている……」

「水竜ですか？」

「ああ。どうやら水竜が、故意に川の水を溢れさせようとしているように思える。何があったのやら、とんと見当もつかねえなぁ」

「……つまり、しばらくは渡ることができないと？」

思わず腕を組んで考え込みます。けれど、夜、ノワールさんにお願いして竜の姿で空を飛んでもられれば、あるいはなんとかなるのではと思いついてしまったのですが。

「姐さん、ノワールの力を使うのはやめろよ。魔力を宿《やど》した水だ、恐らくは上流で水竜も監視していると思う。そんなところで、別の竜が姿を現し自分の領域を侵《おか》したとなったら……最悪、川が大氾濫して、水竜に襲われる可能性があるからな？」

——ゴクリ。

「わ、わかりましたわ。では、ノワールさん抜きで考えることにしましょう」

私が無茶なことをした結果、このヤーギリが水没してしまっては、本末転倒どころか犯罪者になってしまいます。

では、速やかに正攻法を選ぶのみ。ことが収まるまでは宿で休むことにしましょう。

遠回りしようにも、オーウェンへ向かう街道は、今はこれしかありません。

昔は山脈回《さんみゃくまわ》りという道があったのですが、ダンジョンが発見された時に、溢れ出した魔物の群れによって山が崩れて、街道が使い物にならなくなってしまったそうです。

「そんじゃ、宿でも探すか……」

「はい、あまり混雑した場所でない方が、落ち着けますけど」

「出遅れた時点で無理だな。同じことを考えている個人商隊《トレーダー》は小さな宿に向かうだろうから、俺たちが泊まれるとすれば、大商会が宿ごと借りた時に余った部屋か、あとは野宿だなぁ」

やれやれという感じでブランシュさんが呟《つぶや》きます。

それぐらいは理解しています。

希望的観測で話しただけです!!

そんなこんなであちこちの宿を探し回りましたが、やはりほとんどの宿は予約客でいっぱい。

私が来るよりも前にやってきて、ここでのんびりと露店を開いている商人さんも結構いらっしゃいましたし、商人同士で取引を行《おこな》っている方々も見受けられます。

それでもどうにか駆け込んだ宿で二人部屋を取り、荷物を置いて一休みです。

「はぁ。かろうじて部屋は取れたので、とりあえずはよしというところでしょう」

「まあな。どこぞの商家の隊商《キャラバン》と一緒なのは仕方がないし。あっちも冒険者が大勢いるようだから、何かあってもなんとかなるんじゃねえか？」

「ええ。とりあえずは、明日にでもこの町の商業ギルドに向かって、露店《ろてん》の申請をすることにしますか」

「まあ、お好きにどうぞ。それよりも、来たようだが？」

ブランシュさんが窓の外を親指で指さします。

それはつまり、ペルソナさんが来たということですね？

「受け取りをしてきます。ブランシュさんは部屋で休んでいてください」

「そんなわけにはいかないだろうが……ったく」

文句を言いつつもブランシュさんはついてきました。

そして宿の前には、ペルソナさんの白い馬車。

「これはフェイール様。お待たせして申し訳ありません」

「いえ、それは大丈夫ですので！」

「では荷物を下ろしますので、いつものように……おや、ブランシュもいましたか。荷物を下ろすのを手伝ってもらえますか？」

「あ〜。俺は姐さんが荷物をしまうのを手伝うわ」

【アイテムボックス】はフェイール様しか使えませんのに、どうやって手伝うと？」

「はいはい、わかったよ、荷下ろしを手伝えばいいんだろ」

「では、よろしくお願いします」

ペルソナさんの一言に、ブランシュさんが頭を掻《か》きつつ馬車に向かいます。

ブランシュさんが荷物を次々と降ろしてくれるので、こちらとしても早く検品して収納しなくてはと大忙しです。

おかげで、荷物の搬入《はんにゅう》はいつもより短い時間で終わりました。

「本日もありがとうございました。それでは、支払いをお願いします」

「はい、いつものようにこちらでお願いします」

シャーリィの魔導書での支払いを終えてから、ペルソナさんが馬車から何かを持ってきてくれました。

「こちらは、追加の発注書と新しい型録です」

「ありがとうございます！　これは……梅雨《つゆ》を楽しむ？」

型録の表紙には『梅雨を楽しむグッズ百選！』という見出しがついています。

梅は、こちらの世界で言うプラムのようですけど、雨って空から降るやつですよね？

では、梅雨とはなんでしょう？

空からプラムが降ってくるのでしょうか？

「はい。勇者様の世界では、まもなく梅雨と呼ばれる、雨や曇《くも》りの日が多いシーズンを迎えます。それを乗り切るためのグッズが、今回のおすすめ商品となります。それに合わせて、温泉の健康グッズは終了となりますので、ご了承ください」

「あ！」

忘れてました。

新しい型録が届くと、いくつかの商品の取り扱いが終了になります。

大慌てで魔導書を開いて探しましたが、健康グッズは半分以下になり、期間限定の色々な牛乳は販売終了していました。

「それでは、失礼します。今回も型録通販《かたろぐつうはん》のシャーリィをご利用いただき、ありがとうございました」

「はい、ありがとうございます。また注文しますので、よろしくお願いします」

「それでは」

会釈《えしゃく》をしてから、ペルソナさんは馬車で帰っていきました。

はい。

まだ、ペルソナさんの顔を見るとあの時のことを思い出してしまいますね。

お姫様抱っこなんて、乙女の夢のような出来事はそうそう忘れられません。

——ザァァァァ。

朝、目が覚めると、雨音が聞こえてきました。

「はぁ……今日は露店を開く予定でしたのに……」

渡し船が出ないのなら、出るようになるまではここでのんびりと露店を開こうと思ったのですが。

まさかの雨。

私の露店には、屋根なんてありません。

町によっては、日焼け防止用の屋根がついた露店専用の場所とかもあるそうですけど、この町にはそういう場所はなく。

雨をしのぐために空《あ》いている建物の軒先《のきさき》を借りているという話や、数名の個人商隊《トレーダー》がお金を出し合って建物自体を借りているという話も伺《うかが》いましたが。

「それで、姐さんは結局どうするんだ？　この雨なら露店も開けないと思うが？」

「はぁ。ブランシュさんの仰《おっしゃ》る通り。素直に酒場の一角にでも、場所をお借りすることにしましょう」

そのまま宿屋の一角にある食堂兼酒場のテーブルを一つお借りしまして、そこで露店ならぬ個人販売を始めます。

私の後ろにはブランシュさんが控えていて、粗暴《そぼう》そうな客を警戒しています。

「まあ、売るものといっても、いつものドレスとかなんですけれどね……」

テーブルの上に並べられた衣服。

ドレス系は横にあるハンガーラックに綺麗《きれい》に吊《つ》ってあります。

女性のお客さんはそちらに集まって、キャイキャイと楽しそうにドレスを見ています。

うん、商品って、気に入ったものが見つかる瞬間がすごく嬉しいですよね。

「おやぁ？　どこかで見たことがあると思ったら、フェイールさんじゃないか？」

あら、そんなあなたはメルカバリーでちょくちょく買い物をしてくれたお客さん。

「これはお久しぶりです。ええっと……」

「ボリマクール商会の職員だよ。って、自己紹介はしていないか。俺はバニング・ボラレール、ボリマクール商会で会計を担当している」

「なるほど、ボリマクールさんのところのボラレールさんですね。先日は大量購入、ありがとうございます」

「こちらこそ。あれから王都に行って本店に荷物を置いてきたんだが。あちこちの貴族が、あんたのドレスを気に入ったらしくてな。数日で在庫を一掃《いっそう》できたんだわ」

それはよかった。

さすがは貴族、いい商品を見る目をお持ちのようで。

こちらとしても仕入れた甲斐《かい》がありました。

そんな話をしていると、こちらにやってくる強面《こわもて》の人物が一人。

少し小太りで、アクセサリーをジャラジャラと下品なぐらい身につけている男性。

そんな方がニマニマと笑いながら、こちらにやってくるではありませんか。

「ボラレールさん。そちらの方はどなたですか？」

「これはこれはボリマクール様。こちらの方が、噂《うわさ》のフェイール商店のクリスティナさんです」

「ほほう、こちらの女性が……」

ニマァと笑いながら、ボリマクールさんがこちらを見ます。

あの、少し怖いのですが。

そう思って後ろをチラリと見ますが、ブランシュさんは横のハンガーラックに集まっている女性にドレスの説明をしています。

え、ブランシュさんって私の護衛でしたよね？

「はじめまして。私はトカマク・ボリマクールと申します。王都でボリマクール商会という、衣料品、雑貨などを扱う商会を経営している商人です。あなたのことはボラレールから聞いていましたわよ」

ボリマクールさんはニッコリと笑いながら女性のような言葉遣いでそう言うと、さっそくテーブルの上の商品の値踏みを始めました。

「ふむ。私の【商品知識《しょうひんちしき》】スキルによりますと。こちらの商品、本来つけるべき価格よりも安く設定されていますね？　それは何故ですか？」

ドキッ！

ま、まあ、誰でも手軽に買えるようにって値段を下げているんですけど。

「誰でも簡単に手に入るように、敢《あ》えて下げています。損して得を取れ、ではありませんけれど、フェイール商店としては薄利多売《はくりたばい》、いい品をお届けするのが使命と思っています」

「なるほど……ねぇ」

ニヤリと笑うボリマクールさん。

そしてひょいひょいと五つの商品を取り上げると、それを目の前に並べています。

「では、この五つをいただこうかしら？　値段がこれだから、お金は……これで間に合いますわよね？」

「はい、ありがとうございます」

「うんうん。いいものを買えましたわ。ボラレール、あなたはそちらのドレスを五着、仕入れるように。そちらのお嬢さんたちが買い終わってからで構わないからね？」

「はい！」

ボラレールさんに指示をしてから、ボリマクールさんが別のテーブルに向かいます。

その途中でお客さんに、身につけているアクセサリーのことを聞かれている様子。なるほど、自分の体につけて見せびらかすようにして、お店にお客さんを誘っているのですね。

「なかなかやりますね」

「姐さん、このドレスが売れたんだが。他に予備はないのか？」

「ありますよ……って、ブランシュさん！　ボリマクールさんが来た時、警戒していませんでしたよね？」

ブランシュさんがよそ見をしていたので、一人で頑張ってみたんですよ。

でも正直に言いますと、怖かったのは事実です。

「ん？　ああ、俺はユニコーンだし、人の悪意には敏感《びんかん》だからな。でもあのおっさんは、悪意なんか何もない。普通の善良な商人だ。だから、こっちで接客していただけだ」

「そ、そうなのですか、それは……すごいですね」

「まあ、すべてを感知することはできないし、本人に悪意がない場合が一番厄介《やっかい》だが」

さすがはユニコーン。

善悪を見分ける力は伊達《だて》ではないということなのですね。

「問題なのは、闇《やみ》の精霊《せいれい》っていうのがいてな。人の心に憑依《ひょうい》して悪さをするやつなんだが、そいつに取り憑《と》かれると、俺にもそいつが善人か悪人かわからん」

「そ、そんなのがいるのですか？」

「精霊といってもすべてが善じゃない。まあ、善悪の区別が個人の判断に依存することが多いのも、事実だがな……」

そして店の中ではいつしか、各テーブルを個人商隊《トレーダー》の人が陣取っていました。

私のように仮店舗を設営して、小さな露店が完成しています。

店の外には大店《おおだな》の馬車が移動してきており、そこで馬車を店代わりに商売を始めている方もいます。

「う～ん。さすがは商人、この雨でもへこたれることはありませんね」

腕を組んで、思わず感心。

しかし、この雨はどうしたものか。

この様子では、しばらく雨は止みそうもありませんし。

しかも、さらに川が増水しましたよね。

「ひどい雨ですよね……鬱陶《うっとう》しくなってきますよ……ん？」

思わず【アイテムボックス】から、シャーリィの魔導書を取り出します。

ほら、昨日、ペルソナさんが届けてくれた新しい型録ですよ、梅雨を楽しくする商品ですよ！

「ブランシュさん、店番をお願いします！」

「ん、ああ、構わないが」

急ぎ部屋に戻り、魔導書を開いて商品のチェック。

なるほど、雨の日には便利な商品が盛りだくさんじゃないですか。

買います、とにかく買いまくります。

レインコートやら何やら、よくわからないものもありますけれど、とにかく使えそうなものは買います！

まだ昼の鐘《かね》は鳴っていませんから、夕方には間に合います！


──夕方。


いつものように、即日発送担当の黒づくめの女性・クラウンさんが納品してくれました。

この雨の中、誠に申し訳ありません。

急いで品物を【アイテムボックス】に収めてから、私は一旦、濡《ぬ》れた服を着替えに部屋へ移動。

そして夜からは、こちらの商品を販売します。

「こちらはレインコートと言いまして。雨の時に着るコートです。効果は、ご覧のとおり！」

白いレインコートを着たノワールさんが、外に出ていきます。

はい、夕方六つの鐘が鳴り終わったということは、ブランシュさんからノワールさんに護衛を交代する時間が来たということです。

そして雨の中で華麗《かれい》に舞を披露《ひろう》してから、ノワールさんはのんびりと帰ってきました。

「外側は雨を弾《はじ》きますので、このように中の衣服が濡れることはありません。雨の中、馬車を操る御者や移動中の冒険者さんには便利な品物かと思います。そしてこちらが、ブーツカバー。靴に装着すると、ほとんど濡れませんし、裏側に溝《みぞ》があって転びにくくなっています」

レインコート、ブーツカバー、傘。

そして切り札は、防水スプレーです。

こちらは防水加工してほしいものに私が直接吹きかけますよ、商品の説明では缶の取り扱いに注意って書いてありましたから。

「これが目玉商品の防水スプレーです。このように衣服に吹き付けてから……」

ハンカチを取り出してスプレーします。

それをテーブルの上に置いて、水を少し垂《た》らしますと。

――プルッ。

ハンカチの表面で、水が玉のようになっています。

そしてハンカチに染み込むことなく、すべて弾かれているではありませんか。

「それを売ってくれ！　すべて買う」

「いや、うちが買う！」

「うちは五本欲しいのですけど……明日まで、取り置きできます？」

次々とやってくる商人さんや冒険者。

でも、これは売れないのです。

「お待ちください。これは売れません。その代わり、私が皆さんの希望の品物に直接スプレーします。そのスプレー代をいただきますので」

そう告げますと、商人の皆さんは腕を組んで考え始めました。

「あ、明日、明日頼む！」

「うちもだ！」

はい。

予約は受け付けますよ。

明日はスプレー職人になりそうです。


翌朝。

目が覚めると、まだ雨が降り注いでいます。

本当に、嫌な雨。

朝食を取るために食堂に向かうと、大勢の商人さんに混ざって町の人たちも集まっています。

見た感じ、食事という雰囲気ではありませんが、さて、どうしたものか。

「あの、朝食をください」

「はいよ、ちょっと待っててね」

宿の従業員さんが厨房《ちゅうぼう》に向かったので、私とブランシュさんはテーブルでのんびりとしています。

周りの話が聞こえてきたので、耳を傾けてみますと。

「下流では、既に堤防から水が溢れているんだ。すぐに土嚢《どのう》を積んで対応しないと」

「それで、魔法使いの方に手伝ってほしいんです。どなたか、護衛に魔法使いを雇ってはいませんか？」

あちこちの商人に話しかけていますけど、隊商《キャラバン》の護衛となると体力勝負が多く、戦士系の方が多くてですね。

それに魔法が使える人、俗に言う魔法使いは希少ですから、大抵は貴族のお抱えであったり、宮廷魔導師や魔法兵士などとして雇われたりします。

そして、魔法使いを求める方が、私たちのところにもやってきました。

「なあ、お嬢さんの護衛は魔法が使えないか？」

「俺か？　俺は魔導師だが？」

あっさり。

ブランシュさんの言葉に、目の前の男性が飛び上がりそうなほど喜んでいます。

魔導師とは、魔法使いという大きな枠組みの中でも、特に精霊魔術を使う方を指す名称です。

「それなら、この氾濫している川を抑えてほしいのだが」

「それは無理だ。この川の増水、大雨、すべては上流に住む水竜が行っていることのようだからな。

そこに魔法使いが干渉すると、最悪、怒りを買ってこの町が襲われるぞ？」

淡々と説明すると、男の顔色がサーッと青くなります。

そして他のところにいた人たちも集まってきて、対策会議を始めました。

「ま、まあ、それなら体力に自信のあるやつは、土嚢を積むから手伝ってくれるか？　報酬は支払うから」

あちこちの護衛が雇い主の許可を取って、外で土嚢とかいうものを作るそうです。

あれって確か、勇者の残した緊急時用の何かですよね？

そんなことを考えつつ、朝食を終えます。

ブランシュさんのところには、どうしても諦めきれない町の人が集まり、水竜を倒せないかと話を持ちかけていますけど。

「生憎《あいにく》と、俺は主人のそばを離れたくはない。護衛なのでね」

「いや、しかし……うーむ。そうか……」

それでも町の人は散々頼んでいましたけれど、最後は諦めて別の商人のもとに向かいました。

それと入れ違いに、護衛の人たちが次々と集まってきました。

「フェイールさん。昨日のあれ、外に出ても濡れないマントを売ってくれるか？」

「靴に被せるやつもだ。これから外で、土木作業を始めなくてはならなくてね」

「レインなんちゃらをくれ、人数分だ！」

は、はい！

いきなり忙しくなりましたよ。

大慌てで【アイテムボックス】から商品を取り出すと、それをブランシュさんに手渡します。

彼には会計も任せていますので、護衛の人たちに商品を手渡してはお金を受け取ってもらいました。

私はお客さんの注文通りの商品を、次々と取り出すだけです。

「ええっと、レインパンツ、レインパンツ……次がコートと、傘と……」

大体、一時間程度でしょうか。

それでようやく客足が止まりました。

これだけ忙しくても、ブランシュさんが疲れた様子がないのは何故ですか？

「あの、ブランシュさんは疲れないのですか？」

「ん？　エセリアルナイトは疲労しないからな。まあ、魔力枯渇はありえるけど、この程度で疲れるはずもない。それよりも姐さん、次のお客だ」

店の入り口から顔を覗かせる子どもたち。

「あ、あの、でっかい人たちが着ていた、水を弾く服はありますか！」

「可愛い模様の入ったのはありますか？」

うん。

可愛いは正義ですよね。

「はいはい、子ども用も女性用も取り揃えていますよ」

そう話しかけると、ワーッと子どもたちが集まってきます。

そして親御さんたちも一緒に集まってきました。それでは商売の続きを始めましょう。

ふと振り返ると、震えている子どもたちの姿も見えます。

気温も下がったようですし、温かい飲み物も用意した方がいいですよね。

◇　◇　◇

外では堤防から溢れ出した水を誘導するため、大急ぎで簡易水路が作られていた。

堤防の上には土嚢を積み、丸太で下から支えを追加する。

溢れる川の水を頭から被っても、レインコートのおかげで中まで水が入ってくることがない。

当然ながら、頭から被るほどの量なら多少は浸水するものだが、これらは『型録通販のシャーリイから取り寄せた商品』であるため、すべてなんらかの魔術効果が付与されている。

同じように足元のブーツカバーやレインパンツなども、浸水を完璧に抑え込んでいる。

そして作業中に、あるものが流れてくる。

それは、誰かの死体。

軽装鎧《けいそうよろい》を着た男性が、川上から流れてきている。

「……この紋章は、バルバロッサ帝国のものか」

よく見ると、死体は人間ではなく魔族のもの。

額から小さなツノが一つ生えている。

「なあ、フェイールさんとこの護衛が、この氾濫は上流に住む水竜が引き起こしたって話していたよな？」

「ああ。そして、魔族か。軽装だから偵察なのかもしれないが、これはヤバいことになりそうだぞ。竜と魔族が争っているのかもしれん」

引き上げた死体は近くの木陰に移動させて、筵《むしろ》を被せておく。

そして再び、作業を再開した。

◇　◇　◇

――夕刻。

暗くなってきたので、今日の作業は終了。

ドロドロの外套《がいとう》やレインコートを脱いで窓側で干し、護衛さんたちは自分の雇い主のところに報告に向かいます。

あちこちの席で酒盛りも始まりましたが、昨日よりも雰囲気は暗いようで。

そんな中で夕食を食べていますと、ボリマクールさんがテーブルまでやってきました。

「フェイールさん、私たちは明日にでも、ここを離れることにするけれど。よかったら、乗っていく？」

「え？　戻るのですか？」

「ええ。さすがにこれが何日も続くと、町の備蓄も足りなくなるでしょうから。その前に、別のルートで川を渡りたいのだけどね」

ここが溢れている以上、川沿いにある他の宿場町も似たり寄ったり。

そうなると、もっと大きな都市に戻ってしっかりと準備を整え直すか、それとも諦めるか。

「ブランシュさん。私たちも一度、ここを離れた方がよさそうですよね？」

食事を終えて、ハーブティーを飲んでいるブランシュさんに問いかけますけど、彼は頭を軽く振っています。

「いや、その必要はない。恐らくだが、雨は間もなく止む」

「え、それはどういう意味です？」

——ギィイイイイッ。

思わず問いかけた瞬間、酒場の入り口がゆっくりと開きます。

そして全身びしょ濡れの女性が、宿に入ってきました。

「お客さん、今、身体を拭く布をあげるから待っていてね」

「あ、はい……」

弱々しい声で呟く女性。

青色のドレスに髪も青。

この町に来てからは、こんな方は見たこともありません。

先日、露店を開いていた時も、この方はいらっしゃいませんでした。

店員に布を借りて身体を拭い、女性は近くの席に座りました。

そしてキョロキョロと店内を見渡していますけど。

「あ～、姐さん、ありゃ、俺の客だわ」

ブランシュさんがそう告げてから、女性のもとに歩いていきます。

はて、彼のお客さん？

二人は何かを話しています。

内容は私の席までは聞こえてきませんので、何を話しているのか気になるところですが。

私はのんびりとハーブティーを飲んで、体を温めていましょう。

「姐さん、ちょいと部屋に行きたいんだが」

「……え？　部屋？」

「ああ。この人のことで、ちょっとな。姐さんにも説明をしたいんだが、構わないか？」

「はぁ、何か事情があるのですね？」

ここで話せない事情なら、場所を変える必要がありますよね。

ということで、私の部屋に移動したら、青い髪の女性は突然頭を下げました。

「この度は、私のせいでこのような事態になりまして……」

「ん、ええっと、何か事件が起きたのですか？」

そう話しかけると、ブランシュさんが笑いながら一言。

「この人が、雨を降らせている張本人だよ」

「はい。このヤーギリ川を守護する水竜の一人、エリアスと申します。この度は、私たちの争いに巻き込んでしまって、誠に申し訳ありません」

は、は？

水竜？

え？

ちょっと理解が及ばないのですけれど……

これは厄介なことになりそうです。


水竜のエリアスさん。

そう名乗った女性は、私たちに謝罪するとその場に座り込んでしまいました。

しかも、よく見ると足から血が流れているじゃないですか！

「ブ、ブランシュさん、回復魔法は使えますか」

「まあ、一通りな。どれ……エリアス、回復魔術を行使するから、受け入れろよ」

「はい……あなたのお名前は？」

「ブランシュだ。いくぞ」

エリアスさんに魔法を受け入れるように伝えると、ブランシュさんが右手をかざします。

「精霊女王シャーリィの名において。我、ブランシュが命じる。かの者の傷を癒《いや》せ」

「我、エリアスはブランシュの加護を受け入れます」

――ブゥン。

ブランシュさんの右手が輝き、そしてその光はエリアスさんを包みます。

「これは……エレメンタルヒール。癒しの精霊の力ですか」

「まあ、な。こう見えても俺は、高貴で潔癖なるユニコーンだ」

「ああ、そのような方に癒していただけるとは……」

うんうん。

さすがは伝説の神獣ユニコーンのエセリアルナイトです。

「それで、何があったのか教えてほしいところだが……まだ怪我を治した反動があるから、少し休んでいろ」

ぶっきらぼうに告げるブランシュさん。

「い、いえ。今、何が起こっているのか、私は皆さんに伝えなくてはなりません……」

椅子に座ったまま、エリアスさんが話を始めました。


つい一月《ひとつき》ほど前から。

川を遡上《そじょう》してやってくる一団の姿が、ちょくちょく見えるようになったそうです。

最初は冒険者が、上流の山にやってきて狩りを行っていた程度だったのですが、やがて、冒険者らの一部が水竜の聖域を目指して進み始め、水竜の眷属《けんぞく》とぶつかり合ってしまったのです。

その目的は、山に住む水竜一族が守る【水域《すいいき》の聖玉《せいぎょく》】を得るため。

それは、如何《いか》なる水をも使役し、自在に操ることができるものです。

それを守るために、水竜の一族と冒険者が戦闘を繰り返していたところ、後方からやってきたバルバロッサ帝国の軍隊が聖域に突撃を行い、その地を護る水竜を手にかけたそうです。

そこからは、まさに泥沼の戦い。

対竜族特攻の武具を用《もち》いた部隊まで突入してきて、聖域自体が戦場になりました。

この時の反動により、水が制御できなくなり氾濫し、下流に向かって流れたとのこと。

さらに、一族の者を殺された水竜の長《おさ》の嘆きはすさまじく、この大雨を発生させたそうです。


「私は水竜たちの長の娘。この事態により多くの人々に被害が出たことを知り、手を貸してほしくてやってきました」

「……ふぅん。それなら、下の酒場にいるやつらに力を借りればいい。暇を持て余しているやつらだし、俺は姐さんの護衛だ、勝手にここから離れることなんてできない」

あ、あっさりと断りましたよ、ブランシュさんは。

いえ、そうなる予想はついていましたけど、そこをなんとかしてあげたいとなるのが情というものではないでしょうか？

でも、ブランシュさんの言い分も理解できますし。

どうしたらよいのでしょうか。

そう考えて頭を悩ませていた時。


――バン！


勢いよく部屋の扉が開きました。

そして一人の女性が室内に入ってくると、声高らかに叫びます。

「話は聞かせてもらったし。帝国のやつらを追い出して水竜を助ければいいんだよね？」

いきなりの登場に、その場の全員の目が丸くなります。

しかし、そんな空気もお構いなしに、女性はズンズンと歩き、私の前で立ち止まりました。

「これだこれだ。この魔力、あんたが異世界のスイーツを売っていると確信したし。だから、あーしが水竜を助けてきたら、スイーツを頂戴！　成功報酬で構わないから！」

一気にまくし立てるように話されて、思わず混乱してしまいます。

これにはブランシュさんも完全に出遅れてしまったようで。

いいえ、後から聞いたところ、こちらの女性からは危険な香りも嘘も感じなかったらしく、動くに

動けなかったそうです。そういう相手に対して、ブランシュさんはまったくと言っていいほどに無防備なのだとか。

「私はクリスティナ・フェイールと申します。ええと、あなたは……」

女性の突撃により、話は一旦中断されてしまいました。

しかし、この緊急事態にいつまでも呆けているわけにはいきません。

ということで、まずは自己紹介から。

「あーしは柚月《ゆづき》ルカ。どこにでもいる女子高生だよ。今は【大魔導師《だいまどうし》】だけど。それよりもさ、あーしたちの世界のものが買える商人って、あんただよね？」

「は、はい！　私ですけど」

うわ、いきなり詰め寄ってきましたよ。

チラリとブランシュさんを見ると、あちらはエリアスさんと真面目な話をしているようで……って、私の視線に気がついたのですね、こちらを向いてにこやかに親指を立てないでください！

「アイス、ある？」

「アイス……アイスクリームですか？　多少は在庫がありますけど」

「売って！　今は持ち合わせが少ないんだけど、一つでもいいから、これで！」

ゴソゴソと財布を取り出して、銀貨を二枚、私に手渡してくれます。

大丈夫ですよ、お釣りもあります。

それに、これからエリアスさんのために一肌脱いでくれるのでしたら、先行投資です。

「お代は結構です。それよりも、エリアスさんのお力になってください」

「あーしでよければ！」

はい、契約は成立です。

では、こちらのアイスをお渡ししましょう。

子どもたちに一番不人気な、シュワシュワするミント味のアイスです。

この食感が受け入れられないんだとか。

ちなみに私も苦手でして、これが一番在庫があるのですよ。

型録にはベストテンに入る味という説明が書いてあったのですけど、異世界人の味覚は私たちの世界と少し違うのかもしれません。

「こ、これはミント味のポッピングアイス！　食べてもいい？」

「はい、どうぞ」

私がそう促しますと、ゆっくりと味わいつつ食べています。

何故か涙を流しているようですけど、やはり故郷の味というのは、心に染み渡るものなのでしょうか。

その後、しばらくして。

私の部屋で、何が起きたのか簡単にご説明します。

ハーバリオス王国が召喚した勇者の一人、柚月さんが、私からアイスクリームを購入。

それを完食しただけではなく、クッキーやチョコレートも購入。【アイテムボックス】にすべて収納し、最後はコーヒー牛乳を一気飲み。

知っていますか？

コーヒー牛乳を飲むためには儀式が必要で、左手は腰に当てて、右手にコーヒー牛乳を持つ。そして一気に、空を見上げるようにぐびぐびと飲むそうです。

そんなことがあるのかと思いますよね？

今、私の目の前で、柚月さんが実演してくれました。

それを見た瞬間、はしたなくもゴクリと喉が鳴ってしまいました。

柚月さんは風呂上がりの儀式と仰っていましたから、今度、実演してみようかと思います。

「ふはぁ。あーし、復活。ということなので早速、山に行ってくるし。水竜さん、案内してくれるかな？」

「え、は、はい！　もう向かわれるのですか？　騎士や軍勢を待つ必要はないのですか？」

「あーし、一人で十分。伊達に勇者名乗ってないし」

「……わかりました。では、よろしくお願いします」

エリアスさんが頭を下げています。

私もお手伝いしようかと思いましたが、私が山に登って援助できることもありません。

そもそも普段から護衛のブランシュさんとノワールさんに頼りきりですからね。

うーん、でも何か……

「姐さんは、俺とここで留守番。まさか、勇者と一緒に山に登るなんて言わないよな？」

「そ、そんなこと、言うわけがないじゃないですか。私は戦うことも、身を守ることも一人ではできないのですよ？」

「それもそうか。じゃあ、二人で頑張ってこい」

「それじゃあ、いきましょうか。あーしも早く終わらせて、色々と買い物を続けたいからさ」

はて、先ほどの買い占めで予算がなくなったとか話していたようですけど。

へそくりでもあったのでしょうか？

それとも【アイテムボックス】にしまってあったのでしょうか？

そんなことを考えていると、柚月さんとエリアスさんが部屋から出ていきました。

「さてと。姐さん、俺たちは酒場でのんびりとしますか？」

「そうですね。この雨ですと、また店は混んでいるかも知れませんけどね」

まだ商品の在庫はありますし、のんびりと商売でもして待っていることにしましょう。

◇　◇　◇

――ヤーギリ川本流、コユーン川・上流域。

人外魔境と呼ぶのが相応《ふさわ》しい秘境。

コユーン川上流域にある山脈地帯の一角、水竜の住まう巨大な湖では、流れの冒険者とバルバロッサ帝国の騎士たちが戦闘を繰り広げている。

始めは敵対していた冒険者と水竜たちだったが、帝国の脅威を前に手を組んだのだ。

冒険者はわずか三名、それに水竜たちが手を貸している。

それに対して、バルバロッサ帝国の騎士は百人以上。

魔法兵や重装の盾騎士、軽装騎士などが徐々に冒険者たちを取り囲み始めている。

冒険者の背後には結界があるので、後ろに回られることはないのだが、さすがにこの数は多勢に無勢。

最初は勢いのあった冒険者たちも、そろそろ限界の色が見え始めている。

「スターク、もう魔力が限界です」

「俺もだ。武器がほとんど吹き飛ばされた……どうする？」

冒険者のリーダーであるスタークはチラリと後ろを見た。

この背後の結界の奥が、水竜の聖域であり、【水域の聖玉】が納められている祠《ほこら》がある場所だ。

その手前には水竜の眷属であるリザードマンたちが集まり、最後の防衛ラインを引いているのだが、その数も少ない。

最初は最前列で魔族の騎士たちと戦っていたのだが、ほぼ防戦一方、少しずつ倒れていく仲間を見て、ついに結界の内部に避難したのである。

「こいつを帝国に渡すわけにはいかないからな。そんなことになったら、この大陸のすべての水が支配されてしまうことになる」

「そうなると、彼らは大地から水を奪い、私たちを追い詰めるでしょう。そんなことにならないように、なんとしても守らなくてはなりません！」

スタークたちは最後の気力を振り絞り、武器を構える。

背後のリザードマンや水竜たちも疲弊《ひへい》し、限界が近い。

普通ならば、人間ごときに竜族が遅れを取ることはないのだが、バルバロッサ軍の持つ古代の【魔導遺物品《アーティファクト》】が、竜族の力を完全に封じている。

「クックックッ。もう終わりだよ、これで聖玉は我らのものだ……行け！」

バルバロッサ軍の騎士団長の号令。

そして騎士たちが一斉に進んだその時。

――シャポーン。

最前列の騎士たちの姿が消滅した。

いや、正確には、騎士たちのいた場所には、小さなぬいぐるみが転がっていた。

「な、なんだ⁉」

後続の騎士がふと上を向くと、そこには一本の箒《ほうき》にまたがった女二人の姿があった。

「ま、間に合いました！」

「間に合えば上等だし。え〜っと、魔族の騎士たちに告ぐ。あーしは柚月ルカ、このハーバリオス王国の勇者の一人なり。貴殿らは……我が国の領土を侵害した、速やかに戻るならば命までは取らないが、抵抗するならば、処す！」

上空から柚月が叫ぶ。

だが、騎士団長は右手を上げてから、柚月に向かって振りおろす！

「あの小娘を落とせ！」

「甘いし！　キルティング発動！」

柚月は右手を騎士団長に向かって伸ばし、指先で印を組む。

その瞬間、騎士団長も小さなぬいぐるみに変化した。

地面に転がり物言わぬぬいぐるみを見て、騎士たちは動揺する。

「まだやるなら、全員をぬいぐるみにするし！」

叫びながら、次々と騎士たちをぬいぐるみに変えていく柚月。

次々と戦力を削《けず》られていく恐怖が騎士たちを襲う。

指揮官を失い、動揺したところにさらなる追撃。

最終的には、騎士たちの三分の一がぬいぐるみに変化し、その場に転がってしまうという事態になった。


「……あんたたちは、冒険者？」

大量のぬいぐるみが転がっている中、柚月は黒いローブ姿のぬいぐるみを拾いつつ、スタークたちに問いかける。

するとスタークたちは、柚月に向かって頭を下げた。

「俺たちは、自由貿易国家・パルフェランから来た冒険者です。とある依頼で、この辺りの調査をしていました」

「ふぅん。あーしの敵じゃないなら、別に構わないよ」

そう話しつつ、柚月はぬいぐるみが手にした小さな杖を引っこ抜く。

それは一瞬で巨大な杖に戻ると、柚月は右手でそれを構え、じっと眺める。

「こんなものがあったら、またここに来るに決まっているからね。危ないものは没収するし」

「そ、それは？」

「これは竜を支配できる錫杖《しゃくじょう》。王都の図書館で見た本に載っていた魔導具で、魔族が使っているって書いてあったし。そのせいで、水竜が力を失ったんじゃないかな〜って思ってた」

説明をしてから、柚月は錫杖を【アイテムボックス】に納める。

柚月は気楽に呟いているが、スタークたちは彼女から感じる魔力に圧倒されていた。

「そ、そうですか」

「このぬいぐるみ、あと六時間で元に戻るから、今のうちに武器とか鎧とか、引《ひ》っ剥《ぺ》がしておくといいよ。誰でも外せるから」

そう話してから、柚月も近くのぬいぐるみを物色してよさげな装備を外していく。

そして一時間ほどすると、柚月はエリアスに何も告げずに、ス〜ッと箒で飛び上がり宿場町へ帰ろうとした。

「あ、勇者様！　せめてお礼を！」

「そこの騎士たちから現物で回収したからいいし。後始末、よろしく」

ブンブンと手を振ってから、柚月はバビューンと飛んでいく。

そしてその場に残されたスタークやリザードマン、水竜たちは、ぬいぐるみを一か所に集めることにした。

「さてと。この騎士から回収した装備を売れば、またスイーツも買えるよね。あとは、どんなメニューがあるのかな〜」

まだ見ぬスイーツと、あと少しだけお土産のことを考えつつ、柚月はまっすぐにヤーギリの町へと飛んで帰っていく。

ちょうど時間は夕方、教会の鐘の音が遠くから聞こえてきた。

◇ ◇ ◇

夕方の鐘が鳴っています。

エリアスさんと勇者・柚月ルカさんが上流に飛んでいって、すでに一日が経過しようとしています。

川の状態は相変わらず。土嚢を積んだ堤防のおかげで町側に氾濫する様子はありませんけど、万が一のためにと今日も冒険者さんや護衛さんたちが駆り出されています。

私はずっと宿の食堂で、集まっている人たちに梅雨対策グッズを販売していましたけど。

「……予想外の売り上げですね。売れるかなぁと思っていた梅雨を乗り切るグッズとやらも、もう在庫がほとんどありませんよ」

「姐さん、普段なら売れる衣料品や靴とかは結構残っているんだが。これはどうするんだ？」

「川の向こうの宿場町で販売しましょう。もう夕方ですから、即日発送も……って、ブランシュさん？」

気がつくとブランシュさんの姿が消えています。

その代わりに、ノワールさんが椅子に座っています。

今は店内なので執事服、鎧も剣もありません。

「鐘が鳴り終わったので、私が代わりに出てきただけですよ。それとも、私よりもブランシュの方にいてほしいとか？」

「いえいえ、そんなことは考えたこともありませんね。ブランシュさんもノワールさんも、私にとっては大切な人ですよ？」

そう話したのですが、どうしてノワールさんは頬を押さえてプルプルと震えているのでしょうか？

心なしか顔も赤いですし。

「あ、主にそう言われると、照れるではないですか」

「そうですか？　ふふ」

――ガチャッ。

ノワールさんを少しからかっていると、宿の扉が開き、柚月さんが帰ってきました。

店内を見渡してから、私の方にまっすぐにやってきます。

「ただいまぁ。上流の件は片付いたし、数日もしないうちに川の氾濫もおさまるし」

――ウォォォオオォォォォ！

店内に歓声が湧き起こりました。

長かった川の氾濫も収まりそうで、ようやく対岸に向かうことができますね。

まあ、渡し船の積載人数？　にも限りがありそうですし、私より先に来た人が優先でしょうから、もう少しはここに留まりそうですけれど。

「おつかれさまでした。本日は、柚月さんを労《いた》わらせてもらいますね」

「嬉しいし。あーしも、こっちの世界で、初めて本気を出したし……って、そちらの執事さんは？

ブランシュさんはどこに行ったの？」

私のそばにノワールさんがいるので驚いているようです。

「私はノワールと申します。クリスティナ・フェイール様の従者兼、フェイール商店の店員を務めています。あなたは今代の勇者様ですね？」

「そうとも言うし。あーしは柚月ルカ。よろしく」

「そうですか。今後とも、よろしくお願いします」

丁寧な挨拶の後、ノワールさんは商品の整理を始めました。

「それでクリスっち、労わるってことは、なんかくれるの？」

「そうですねぇ。食料品の在庫がないので、新しく発注する必要もありますから……柚月さんのお好きなものを、明日の夕方には届くように、即日発送で仕入れることにしましょう」

「即日発送？　ネット通販みたいだし」

ネット通販？

それはなんでしょうか？

「ネット通販って、なんでしょうか？」

「うーんと。あーしの世界にある買い物の方法で、インターネットで商品を注文して、それを届けてもらうし」

「へぇ、型録通販のようですね？」

「え？」

あ、私、失言。

チラリと柚月さんを見た瞬間、いきなり両肩をガシッと掴まれました。

「なんで型録通販のことを知ってんの？　あーしにも詳しく教えるし」

「え、ええっと……あはは……ノワールさん、留守番をお願いします」

「かしこまりました」

そのまま私は、柚月さんと部屋に移動することにしました。

いいえ、食堂で説明すると、また周りの人が騒がしくなりそうですので。


「シャーリィの魔導書、ねぇ」

部屋に戻った私と柚月さん。

まず、柚月さんが勇者であること、この町をほぼ無償で助けてくれたことなどを考慮した結果。

私は、柚月さんを信用することにしました。

そしてシャーリィの魔導書を取り出して説明すると、柚月さんの目がキラキラと輝いているではありませんか。

「おばぁの家にも、こういう型録通販の本があったし。おばぁ、インターネットとかスマホとかの使い方がわからないから、型録通販で色々と取り寄せていたって話していたことあったし」

「そうなのですか？　これは私が契約している魔導書でして。この中には、このように」

――ペラッ。

ページを捲《めく》ると、柚月さんが破顔しました。

満面の笑みを浮かべて、型録通販のページを見ています。

「これ、どれでも取り寄せられるの？」

「はい。あらかじめお金をチャージしておけば大丈夫です。でも、即日発送は割増料金になります……それと、あの」

「大丈夫。これ、秘密でしょ？　誰にも言わないから、安心するし」

ほっ、と一安心です。

そのままページを捲っていますと、横で柚月さんがこれも欲しい、こっちは注文できる？　と質問の嵐。

でも、本当に楽しそうですね。

「本当なら、フェイール商店の商品はお一人様五品までという制限を設けているのですが。柚月さんは特別に、十品まで購入可能とします。あと、アーレスト商会経由でしたら、ある程度は融通してあげますよ」

「それで問題ないし……クリスっち、それ、私に見せてほしいんだけど、ダメ？」

「構いませんよ」

彼女なら大丈夫。

そう思ってシャーリィの魔導書を手渡しますと、柚月さんはそのままベッドに転がってのんびりと眺め始めました。

この間に、私は【アイテムボックス】を開いて在庫を確認。

目録を見ながら、足りない商品のチェックを始めます。

梅雨の限定グッズが新しい商品に切り替わるのは、まだ三週間も先です。お天気が雨以外では用途があまりないので、こちらの限定グッズは入荷の数を減らし、別の商品にシフトしなくてはなりません。

「ねぇクリスっち、これ、買える？」

「え、どれですか？」

柚月さんが指さしたページには、『一つ上の高級アメニティグッズ』と記《しる》されています。

それと、指をしおり代わりに挟んだ別のページには、女性の肌が露出した肌着が表示されています。

こんなに破廉恥《はれんち》な肌着は誰も買わないと思いますので、普段は別ページの『シュミーズ』ぐらいしか販売していません。

このブラジャーとかショーツというのは、肌を露出しすぎではありませんか？

いえ、人に見せるものではありませんので構わないと思いますがいや私は何を話しているのですか！

「このアメニティセット。シャンプーとコンディショナー、石鹸もセットだし、こっちのタオルセットも欲しいし……あと、アンダーウェアも一式欲しい」

「なるほど、では、こちらは取り寄せ次第、柚月さんのところにお届けしてもらいますね」

「え？　王城まで届けてくれんの？」

「はい」

なるほど、これが【配達先指定《はいたつさきしてい》】のコマンドの有効活用なのですね。

「ちょっと貸してもらえますか？」

シャーリィの魔導書を受け取り、一番後ろのページを開きます。

そこの配達先指定の項目に触れると、目の前に羊皮紙が現れました。

『届け先登録』と書かれています。

ここに柚月さんのことを書いておけば、問題なく届けられそうです。

「ここに届け先を書いて登録すれば、いつでも届けられますよ」

「すぐに書く！」

慌ててベッドから飛び起きて、柚月さんがテーブルで必要事項を記入します。

あとは『登録』と記されている場所に触れて魔力をこめると。

――ポン！

羊皮紙が消え、魔導書の最後のページに『届け先一覧』というのが現れました。

これは後で、お父様の住所も登録しておいた方がよさそうですね。

「はい、これで完了です。発注書を書きますので、もう一度何が欲しいか教えてもらえますか？」

「えっとね……」

この後も柚月さんとの話が弾み、置いてきたノワールさんに後で拗《す》ねられてしまったのは内緒です。

第二章　魔法のスパイスは禁断の味

川の氾濫が収まり、渡し船の運営が再開されて四日後。

ようやく私たちの順番になりました。

当初、私たちが上流で起こったゴタゴタを収めたと勘違いした商人さんたちが、順番を譲ってくれるという話を持ちかけてきたのですが、それは素直に辞退しました。

順番を待つ商人さんや冒険者さんを差し置いて、私が先に行くわけにはいきません。

氾濫を収めた功労者？　いえ、私は何もしていませんよ、すべて勇者の柚月さんがなさったことなのですから。

つまり、私は何もしていませんよと事情を説明し、どうにか普通の順番に戻りました。

——ザァァァァァァ……

そういうことで、無事に船に乗り込みました。現在地は川の上です。

この河を渡る船は少し大きく、馬車が二台丸々入る大きさなんです。

それが二隻あり、順次往復しているようです。

ちなみに、渡し賃については取られませんでした。渡そうとしても、せめてものお礼だと言って聞かないので、仕方なくですよ。

勇者の柚月さんは、私たちを見送ってから箒で王都へと飛んでいきました。

ここに来る時は街道沿いに飛んできたそうですけど、帰りは川を下ってから向かうそうで、その方が早いとか。

そんなこんなで宿場町ハラタキに着きまして。

「……ようやく到着ですか。長かったですね」

「まあ、急ぐ旅でもないことだし、別に問題ないんじゃね？」

ブランシュさんの言葉もごもっともです。

船から降りてようやく体を伸ばすことができましたし、今日は宿を探して一泊することにしましょう。

折り返しの船には、対岸のヤーギリへ向かう商人さんや冒険者さんも乗り込んでいるようですし、宿も少しは空いているかなあと思います。

「まあまあ、今日はゆっくりと休むことにしましょう。もうすぐペルソナさんもいらっしゃるでしょうから」

「ふぅん。それでやけに機嫌がいいのか？」

「へ？」

な、何を言い出すのですかブランシュさんは！

どうしてペルソナさんが来ると、私の機嫌がよくなると言うのですか！

まったく、とんでもないことを言わないでください！

「別に、ペルソナさんが来るからって機嫌がいいわけではありませんよ。足りない商品が届くのですし、こちらでも商売をするのですから。さあ、宿を探しに行きますよ！」

「はいはい、姐さんについていきますわ」

まったく。

とりあえずは宿を探しに向かいましょう。

この町から先は、街道をずっと北上すれば目的地のオーウェン領領都に到着します。

私もヤーギリから北には来たことがないため、ちょっとだけワクワクしています。

「あ、この辺りの宿がよさそうですわね」

「それじゃあ、ここにするか」

表街道に面した宿で、お客さんの出入りもあります。

宿の隣には馬車を停める場所もあり、隊商《キャラバン》が来ても大丈夫なように作られています。

早速、宿に入って部屋を取ると、そのまま部屋の中で一休み。

ちょっとはしたないですけれど、ベッドに横になって足を伸ばして人心地《ひとごこち》。

でも、ブランシュさんが窓辺から外をこっそりと見ているようですけど。

「何か、不安なことでもありますか？」

「悪意は感じない。まあ、好奇心旺盛《おうせい》な商人や冒険者が、姐さんを探しているようだけどな」

「悪意はないのなら、別に構わないのでは？」

「そうなんだよなぁ。多分、ヤーギリから渡ってきた商人から、姐さんが売っていた商品について話を聞いたんじゃないかなぁ」

それならそれで、構わないと思いますけれど？

「在庫は心もとないですけれど、そろそろ到着しますから問題はありませんよね？」

「そうだな……と、俺は時間だ、あとはノワールに任せる」

——ヒュウン。

ブランシュさんの身体が光り輝いて、私の指輪に戻っていきます。

そして入れ違いに姿を現したノワールさんは、突然扉を睨《にら》みつけました。

「ノワールさん、何かありましたか？」

「いえ、通り過ぎただけのようで。それと、外にペルソナ様がいらっしゃったようです」

「では、行きましょう」

私もノワールさんも、ペルソナさんと会うのは一週間ぶりです。

早速、外で荷物を受け取って支払いを終えますと、ペルソナさんが指折り数えて何かを考えています。

「どうかなさいましたか？」

「いいえ、フェイール様の型録通販会員レベルがそろそろ上がりそうなので。次のレベルになりますと、旅行券の取り扱いも可能となります」

「旅行券？」

「はい。詳しくはまだお伝えできませんが、そう遠くない未来にご説明できるようになりますよ。では、私はこれで失礼します。またのご利用を、お待ちしています」

「はい、ありがとうございます」

いつものような挨拶。

そしてペルソナさんの馬車を見送っていましたら。

「クリスティナ様。あの男だけは、夫とするには問題がありますが」

「……は？　な、何を言い出すのですか！」

「いいえ、先ほどペルソナ様を見送っていたクリスティナ様のお顔が、まるで恋する乙女のようでしたので」

「そそそそ？　そんなことはありませんわよ！」

ブランシュさんといいノワールさんといい。

何故、私がペルソナさんに恋していると言わんばかりなのですか？

そんなことは考えたこともありませんわ。

確かに、この前のピンチを救ってくれた時は格好よくて、ちょっとドキドキしましたけれど。

ペルソナさんにはそういう憧れのようなものは、ありますけど、恋心ではありません！

「そういうことなので！」

「はあ、何がそういうことなのか私には理解が及びませんが。ああそれと、周りの商人たちがクリスティナ様に興味津々のようですけど」

「は、はい！」

すぐに商人モードに戻ります。

そして明日からこの町でも露店を開きますと告げて、今日は部屋に籠《こも》るとします。

届いた荷物の分類もありますし、何を売るか考えなくてはなりませんから。


翌日。

朝食を終えてのんびりとしているところに、数名の商人さんがやってきました。

「フェイールさん、ちょいとつかぬことを聞きたいのだが」

「異国の商品を取り扱っているそうじゃないですか。珍しい調味料や食材は扱っていますか？」

「この先のオーウェン領で、近々、お祭りがあるんだが。今年は【フードカーニバル】といって、露店が大量に並ぶんだよ」

詳しく聞きますと、お祭り期間中はいろんな場所で飲食店が開くそうで。

その飲食店の中で、最も人気が高い店には賞金が出る上に、腕前さえ確かならば王城の宮廷料理人として迎えられることもあるのだとか。

その噂を聞きつけて、国中から料理人が集まり、料理の腕を競い合うそうなのですが。

ここに来て、オーウェン領で取り扱っていた調味料や食材の一部が不足したとのこと。

どうやら、調味料を運んでくるはずだった商会の隊商《キャラバン》が、大雨でヤーギリ川を渡ることができなかったため、本来なら届いているはずの荷物と一緒に引き返してしまったとか。

次の入荷を待っていては、フードカーニバルには間に合わないそうです。

「なるほど。それで、一部の料理人さんは、商人や露店から調味料を入手しようと考えたのですか」

「フェイールさんが、港町サライで米や醤油を販売していたっていう噂を聞いてね。もしも在庫があるのなら、それを売ってほしいんだが」

「勇者の好んだ調味料ってことなら、審査員のウケもよくなる。そして俺こそ、宮廷料理人になるのだ！」

大見得《おおみえ》を切る男性。

この方は商人ではなかったのですか。

「まあ、あることにはありますけど、そんなに多く持ってきたわけではありませんので」

さて。

どうしましょうか。

フードカーニバルとは、まさに商人にとっては儲《もう》けるのに打ってつけじゃないですか。

調味料や食材の追加注文も、今一度考える必要がありますわね。


宿場町ハラタキの先にはオーウェン領の領都があります。

まもなくフードカーニバルが始まるとあって、そこに参加する料理人たちがあちこちで露店を開いたり、レストランやら宿の食堂で厨房を借りたりして日夜研鑽《けんさん》を重ねているそうです。

皆さん自分の腕には自信があるらしく、新たな食材や調味料を求めて領都を走り回り、宿場町ハラタキにまでやってきて、めぼしい商人に商談を持ちかけているようです。

私も宿の食堂で数名の方にお願いされて、お米とか醤油、酢を多少は融通してあげましたが、あまり人が集まってくると宿の迷惑になるので、急ぎ露店の契約をして移動したところです。

「よう、フェイールの嬢ちゃん。元気そうだな」

「あら、どなたかと思いましたら、ソーゴさんではないですか。私はいつも元気ですわよ？」

現れたのは、つばの広い独特な帽子を被った男性。

以前、交易都市メルカバリーでお会いした商人さんで、私から異国のドレスを大量に購入された方です。

確かソーゴ・タカシマヤという名前で、ヤーギリの宿でお会いしたボリマクールさんとは対立している商人さんです。

あ、対立と言っても険悪なわけではなく、商人としてのライバルのようなものらしいですが。

「そりゃよかった。なあ、ちょいと聞きたいんだが、米は扱っているか？　あと醤油も。ちょいと知り合いの料理人に頼まれたんだが、俺は食材関係だけは扱っていなくてね」

「少々お待ちください」

そう話してから、私は【アイテムボックス】の目録を確認し、出す量を決めることにします。

すでに私の視界の端では、料理人があちこちの露店と商談をしている最中です。

そして、私が目録を見て考えているのに気がついたのか、ソーゴさんが近くにやってきて小声で話し始めました。

「米を欲している料理人は、とある村の生き残りらしい。ほら、サライの近くの、米の産地として有名だったところだよ。色々と事情があるらしくてね」

「あの村の生き残りの方ですか？」

「正確には、村から外に出て料理の修行をしていたらしい。いつか宮廷料理人になって、両親に楽をさせたいって頑張っていたらしくてさ」

私はチラリと、横で別の方と取引をしているブランシュさんを見ます。

するとと無言で頷いていますので、ソーゴさんが嘘をついていないことはわかりました。

「その方はどこに？」

「この町の外れにある安宿にいる。宿代を稼ぐために料理人として仕事を請け負っているらしくてね。俺はそこに衣類を納めていてよ、偶然、その話を聞いたんだわ」

またブランシュさんが頷いています。

ええ、ソーゴさんが嘘をついているなんて思っていませんよ。でも、商人は取引で自分が有利になるためには、多少は話を盛ります。

今回もそれかなぁと思ったのですけれど、そんなことはないようですね。

「お米を二十キロ、醤油は三瓶。酢は二瓶、ご用意します。それでよろしければ、今回は特別に、ソーゴさんの頼みということで卸しましょう」

「助かる。今は在庫があるのか？」

チラリと時計を確認。

まだ即日発送に間に合います。

「夕方、六時の鐘の後でいらしてください」

「わかった、色々とすまないな」

「ソーゴさんには、いつもうちの商品を買い取ってもらっていますので。今回は特別ですよ？」

「ああ、ありがとう」

手を振って離れていくソーゴさん。

実に、渋くて誠実そうなイケメン商人です。

「姐さん、アイスクリームの在庫はあるか？」

「アイスですか？　ええっと、少々お待ちを」

ブランシュさんの質問に、慌てて目録を確認。

この前仕入れたものの大半は、柚月さんが購入していきました。

その代金は魔族の騎士の装備を引っ剥がして売り払ったものらしいのですけど、実は、その時に獲得したという魔法の杖とアイスクリームやお菓子を交換したという経緯もありまして。

今は在庫がほとんどないのです。

「三つだけ、バニラオレンジとかいう柑橘《かんきつ》系のものでしたら、まだ在庫がありますわ」

「二つ、出してくれるか？　欲しがってる客がいる」

「はいはい、少々お待ちを」

急ぎ【アイテムボックス】からアイスクリームの入った箱を取り出しまして、中に収められているカップアイスを取り出します。

本当ならプラスチックのスプーンをつけるようなのですけど、何と申しますか、それをつけてはいけないような、流通させるとまずいような気がしましたので木の匙《さじ》をつけています。

「はい、お待たせしました」

ブランシュさんが相手をしてくれていたお客さんたちの前に、カップと匙を置きます。

ひんやりとした手触り、牛乳とオレンジの香り。

この辺りは比較的温暖な気候なので、この冷たさはちょうどいいのかも知れませんね。

「これが、さっきのお話のアイスクリームですの？」

「では、早速」

お客さんの一人が蓋《ふた》を開けてアイスをパクリ。

パクッと食べた瞬間の、口の中に広がる幸福な味わい。

はい、この方も虜《とりこ》になったことでしょう。

「こ、これはまだあるのですか？　お屋敷の皆さん用にお土産《みやげ》にしたいのですけれど」

「誠に申し訳ございません。すでに在庫がなく、次の入荷までお待ちいただくことになります」

丁寧にお断りの言葉を述べてから頭を下げます。

すると残念そうに、お客さんたちは帰っていきました。

「では、私は発注書を書きますので、あとはお願いしてよろしいでしょうか？」

「任せろ」

では、あとはブランシュさんにお任せします。

しばらくしたら、あのアイスクリームを見かけた人たちが集まってきましたけれど、ブランシュさんが丁寧にお断りしていますので穏便にお引き取り願えている様子。

「さてと。衣類の在庫はまだ大量にありますし。ここは、こちらのページからの入荷となりますね」

シャーリィの魔導書を取り出して開いたページは、『全国各地の名産品お取り寄せ』という特集。醤油や味噌といったさまざまな調味料や食材、冷凍食品などなど。そしてアイスクリームや……

シャーベット？　シャーベットってなんでしょうか？

あ、氷菓子ですか、まだ意味がわかりませんけれど、そういうものなのでしょう。

それらのフードカーニバルに必要そうなものを一通り発注するために書類を作成、そしてポチッと発注完了。

「さて。今日は食料品の販売は完了です。この後は衣類、雑貨の販売となります」

堂々と宣言。

あら、食材目当てのお客さんが離れていきます。

でも、ここにいるお客さんのすべてが料理人ではありませんよ？

逆に、料理人目当てに食材を販売している露店ばかりなので、うちには段々とお客さんが流れて来ましたよ！


——夕方。

「それじゃあ、ノワールと交代だな」

スッ、とブランシュさんが指輪に消え、代わりにノワールさんが出てきました。これもいつもの光景ですね。

そして、鐘の音が終わると同時に、即日発送担当のクラウンさんが黒塗りの馬車でやってきました。

「お待たせしました。それでは納品を始めてよろしいでしょうか？」

「はい、よろしくお願いします。ノワールさんも、お手伝いをお願いしてよろしいですか？」

「はい。大丈夫です」

そのままサクサクと作業を行い、気がつくと納品も無事に完了。

支払いを終えてクラウンさんは戻っていきました。

配達馬車が消えたら、何が納品されたのか興味津々な商人さんが集まってきましたけど。

「本日の販売は終了しています。また明日の開店をお待ちください」

大声で宣言したことですし、荷物をまとめて移動しましょう。

ちょうどソーゴさんもいらっしゃいましたし、場所を変えてソーゴさんとの手続きを行わなくてはなりませんからね。


露店も片付けましたし、集まったお客様や商人さんにも説明を終えました。

さて。

「どちらに商品を置きましょうか？」

「う～ん。直接、宿に来てくれるか？　そこで料理人の前で納品してほしいんだが」

「それは構いませんけれど、何か意味があるのですか？」

私がソーゴさんに卸し、ソーゴさんが料理人に売る。

何も問題は感じませんけれど？

「俺を間に入れると、仲介料や手数料が発生するだろう？　それなら、顔合わせを済ませて今後はフェイールさんから直接仕入れる方がいいと思ってな」

「そういうことですか」

ソーゴさんも商人である以上、原価そのままでの販売などできません。最低でも手数料や経費を計上し、適切な価格での販売を行う必要があります。

まあ、中には慈善事業的に手数料無料とか仲介料無料を謳《うた》っている商人さんもいますし、一度や二度程度ならそれでも構わないっていう方もいらっしゃいますが。

ソーゴさんの話し方から察しますに、今後も定期的な取引の見込みがあるのでしょう。そしてソーゴさんは私と同じ個人商隊《トレーダー》です。一つの場所に延々といられるわけではなく、次の町にふらりと行ってしまうことはよくあることですから。

「察しがいいな。じゃあ、その辺りのことも踏まえて、よろしく頼むな……あと、納品する時は、二回に分けてほしい。横槍が入る可能性があるんだ」

「横槍が？」

「まあ、フェイールの嬢ちゃんには関係ないんだが、最近、貴重な食材を買い占めている貴族の輩《やから》がいるらしくてな……その場合は、合図を送るからうまく頼む」

どうやら、今回の商談は一筋縄ではいかないようで。

まったく、うまく巻き込まれた感じがします。

そのままソーゴさんの案内で、やってきたのは小さな宿。『森《もり》の木陰亭《こかげてい》』という古い看板が掲げられています。裏手から馬の鳴き声も聞こえて来ますから、宿泊客がいらっしゃるのでしょう。

「クリスティナ様。後ろから三人、跡をつけてきていますが」

「う～ん。偶然では？」

「三人のうち一人は、クリスティナ様の露店をずっと眺《なが》めていました。仕入れ目的もしくは物盗りの可能性があります」

ノワールさんが真横に近寄ってきて、小声で話してくれます。

後ろを振り向くことはできないので、小さくため息をつきつつ。

「何もしてこなければ無視です。でも、手出ししてきたら、よろしくお願いします」

「かしこまりました」

そのまま後ろに戻っていくノワールさん。

私は何も知らないふりをしつつ、ソーゴさんの後ろについて宿の中に入っていきます。

――カランカラーン。

「いらっしゃい……おや、ソーゴさんじゃないか。随分と早いお帰りだね。後ろの方は、お知り合いかい？」

「例の食材の卸《おろし》商人さんだよ。俺は食料品は扱ってないって昨日話していただろう？」

「知り合いの雑貨屋さんか。いらっしゃい、泊まっていくかい？」

「いえ、今日は商談も兼ねて参っただけですので。また今度、よろしくお願いします」

そのままソーゴさんと一緒に、酒場の方に移動。

そこで適当なテーブルに座ると、簡単なオードブルが運び込まれました。

「ソーゴさん！　例のものが用意できたのですか！」

厨房から飛び出してきた青年が、ソーゴさんのところに駆け寄ってきます。

見た目はまだ十六歳ぐらいかな？　まさに修行中の料理人のような、そんな雰囲気ですね。

コックコートの前掛けが汚れています。ホールに出てくる時はそれを外さないと見た目が残念になりますよ？

「まあ、な。俺じゃなく、こっちのフェイールさんが用意してくれた。まあ、先に納品してもらうから待っていろ」

「では、こちらをご用意しましたので、どうぞご確認ください」

私は【アイテムボックス】から、お米の入った袋と調味料の入れてある瓶を取り出します。

――ガタガタッ。

すると、別の席に座っていた三人組のお客が立ち上がって、こちらを睨んできました。

とりあえず、無視。

ソーゴさんは品質を確認するために、一つ一つを【商品知識】スキルで調べています。

そして十分ほどですべてを確認してくれたようで。

――ジャラッ。

金貨袋をアイテムバッグから取り出し、代金を支払ってくださいました。

「相変わらずの最高品質だな。本当に、これをどこで仕入れてくることやら」

「それは秘密ですわ。では、今後ともフェイール商店をご贔屓《ひいき》ください」

ソーゴさんにニッコリと笑ってから、目の前のハーブティーを一口。

うん、リラックス効果のあるハーブをふんだんに使っています。

飲んだことのない口当たりでもありますから、自家製ハーブをうまく調合しているのでしょう。

心なしか、お腹も減ってきましたので、目の前の簡単なオードブルを少し摘《つ》まむことにしましょう。

「ほら、これが頼まれていた米と醤油、味噌だ」

「ありがとうございます！　これでフードカーニバルに出場できます」

堅焼きのパンをスライスしたものに生ハムとチーズ。

このディップは何を使っているのでしょうか、などと楽しんでいますと、目の前の商談も終わりそうになっています。

すると、こちらを睨んでいた三人組が、ずかずかと私たちのところへやってきました。

「そこの商人、そこにある米と調味料は俺たちが買い取ってやる」

「お断りだね」

「それなら倍額を支払う。それでお前は儲かるし、俺たちは貴重な食材を手に入れられる。お互いに損はないはずだが」

はい、ついに横槍が入りました。

ちなみにノワールさんは、私に害はないと判断したのか、ソーゴさんに絡む輩を丸っと無視しています。

「いや、損だなぁ。お前たちに売ったら、俺は信用を失うからな。悪いが、他を当たってくれるか？」

「いや、そうはいかなくてな。俺たちは、そこの米と調味料が欲しいんだ。他のやつらのなんて必要はない」

意地でも、目の前の商品を手に入れたいようです。

――トントン、トトントン。

すると、イライラした雰囲気で、ソーゴさんがテーブルを指で叩いています。

これはあれですね、商人同士が使う符牒《ふちょう》です。

商談で横槍が入ったり、面倒なことになったりした場合に仲間に送る合図です。

『まだ在庫はあるか？　ですね』

私は静かに、そしてこっそりと頷きます。

――トトントン。

靴のつま先で床を叩いて返事をします。

この商人同士の符牒は、一般の人にはわかりづらいものです。

その証拠に、私たちが合図を送り合っているのに、この人たちは気がついていませんね。

「はぁ、仕方がない。だが、これぐらいは欲しいんだが？」

そう話しながら、ソーゴさんは掌《てのひら》を広げて男たちに見せます。

「五倍。それでこの貴重な商品を独り占めできるのだから、悪くはないんじゃないか？　これを欲しているってことは、あんたたちの雇い主はフードカーニバルに出場するのだろう？　優勝して宮廷料理人の座が手に入る可能性が増すのなら、この程度は安いんじゃないか？」

そう告げるソーゴさん。

この迫力はどこから出るのでしょうか？

そして、男たちの一人が私にも話を振ろうとしたのですが。

「……あ。いや、そうだな」

ノワールさんの眼光の鋭さに怯えて、ソーゴさんの提案を受け入れたようです。

「わかった、五倍支払う。それで構わないんだな」

男たちは懐《ふところ》から財布を取り出し、支払いを終わらせます。

どうやら五倍は予想外であったらしく、三人でお金を持ち寄って支払いを済ませていました。

「それじゃあな、これは正当に買い取ったものだから、俺たちが持って帰る！」

「お前はせいぜい、クズ素材で参加することだな」

「チッ……余計な出費だ」

吐き捨てるように告げながら、男たちが店から出ていきました。

そしてソーゴさんの前には、今にも倒れそうな男の子が立っています。

「さてと。それじゃあフェイールさん、次の取引を始めますか？」

わざとらしく笑ったソーゴさんに、私も微笑み返します。

「そうですね。では、こちらを」

——ドサドサドサッ。

今度は残りの商品をすべて出しました。

店内には私たちしかいませんので、これ以上の横槍は入りそうにありません。

そして、目の前に積まれた食材や調味料を見て、ようやく青年も安堵《あんど》した表情に戻りました。

「金額は最初の契約通り。これで俺の信用も傷つくことはなかったから問題なしだな」

「は、はい！」

すぐに支払いを終えて、食材は店の奥に運び込むようです。

私としても、これで無事に取引が終わったので満足です。

とはいえ、これですべてが終わると思えませんが。


森の木陰亭での取引を終えて。

私とノワールさん、ソーゴさんはゆっくりと晩餐《ばんさん》を楽しみました。

ソーゴさんは取引がうまくいっただけでなく、懐も温まったことでご機嫌です。

私もまあ、それなりの収入にはなりましたし、この宿の料理人の役にも立ちましたから一石二鳥ということで。

お皿が下げられるのを眺めていると、ソーゴさんが話を切り出しました。

「さて、さっきの三人組なんだが、恐らくはオースティン領の領都にあるレストランの回し者だと見た」

「あら、どうしてそのような判断が？」

「以前、そのレストランで食事をしたことがあってな。そこの後継が、俺に取引を持ちかけてきたんだ。他の店よりも上質な食材や珍しい調味料を入手できないかって。その時は断ったんだが、あちこちで他の商人にも話を持ちかけていたらしくてな」

そして、他の商人に話を持ちかけていたという代理人が、さっきの三人組と似た特徴だったらしいです。

ほぼ確定事項として、覚えておいて損はありませんね。

「それで。今回のフードカーニバルで優勝して、親父の経営するレストランに箔《はく》をつけたいのと、宮廷料理人として名をあげたいんだろうなぁって想像ができるわけよ」

「では、私も気をつけることにしますわ。でも、私は一介の商人であって、料理人でもありませんし……」

「と言いながら、その料理人が喉から手が出るほど欲している調味料を販売しているんだからなぁ」

そう言われましても。

かつて、勇者が世に広めた調味料なら、今でも簡単に手に入るのですよ？

ソース、ケチャップ、マヨネーズ。

鰹《かつお》だしとか、スープストック、ハーブの使い方まで勇者様たちが広められていったのですから。

もっとも、その味をしっかりと継承しているレストランなどはあまりなく、時代が進むにつれて後継者が育たなくなり消えてしまった調味料も存在します。

まあ、そのほとんどはシャーリィの魔導書にある『全国各地の名産品お取り寄せ』というページに掲載されていますけど。

こちらには、調味料以外にもさまざまな食料品、料理が掲載されていまして。

幸いなことに、私たちの世界の新鮮な野菜やお肉があれば、簡単に作れるものもあるのですよ。

実は、めぼしいものは取り寄せてありますし、もう【アイテムボックス】で眠っています。

「でも、大抵の調味料は他の方も売っていますから。珍しいのは醤油と味噌と……あとは、これくらいでしょうか？」

——コトッ。

小さな小瓶を取り出して、テーブルの上に置きます。

ソーゴさんが興味ありげに身を乗り出しました。

「これはなんだ？　醤油のような色だが」

「実は、私にもわからないのですよ。さまざまな食材の旨味を集めた調味料でして……名前は、ええっと……XO醤？　エックスオージャンと呼ぶようですわ」

「ふうん。これも高いのか？」

「まあ、それなりに。そうだ、多少は在庫がありますし、今回はこれをサービスとしてこちらの料理人の方にお渡ししますわ。これでおいしいものを作ってみてくださいとお伝えください」

正体不明の調味料は、サービスで一瓶だけお渡しします。

「明日の夕方にでも参りますので、期待していますね」

受け取った店員さんがお礼を言った後、慌てて厨房に入っていきました。

「では、私たちはこれで失礼します」

私とノワールさんはソーゴさんに頭を下げて、宿を後にします。

さて、あの調味料はどんなものなのか、楽しみです。


——翌朝。

疲れもすっかり消えた、いい目覚めです。

いい目覚めなのですけど。

何やら外が騒がしいです。

そして私が起きるタイミングで、ブランシュさんが部屋の中に入ってきました。

「よお、姐さん。朝っぱらから町中を男たちが走り回っているらしいぜ。なんでも、魔法の調味料を販売していた商人を探しているらしくてな、この宿にも来ていたらしいが」

「あら、ブランシュさんおはようございます。それで、魔法の調味料とは？」

「さぁ？　なんでも、どんな料理にも一垂らしするだけで、絶妙においしくなるらしい。そんな調味料があったら見てみたいと思わないか？」

「確かに」

とりあえず身支度を整えなくては……はい、ブランシュさんは一度、部屋から出ていてくださいね。

乙女が身だしなみを整えるのを見ていてはいけませんよ。

たとえユニコーンでも、殿方なのですからね。

そんなこんなで着替えも終わり、外で待っていたブランシュさんと食堂に向かいます。

朝の食堂は騒がしく、中には商人同士で取引をしている方もいらっしゃいます。

「なあ、お嬢さんも商人だろう？　魔法の調味料って知っているか？」

近くの老商人が、私に話しかけてきました。

でも、心当たりがないのですよ。

「わからないですね。調味料は取り扱っていますけど、醤油とか酢とかしかありませんし。魔法の調味料は扱っていませんわ」

「そうだよなぁ……醤油を一つ、もらえるか？」

「瓶一本でよろしいですか？」

「ああ、いくらだ？」

おっと、食事の前にいきなり取引を始めてしまいました。

とりあえずは、このおじいさんとの取引だけでおしまい。

あとは露店に来てもらうことにしました。

食後の一休みもほどほどに、のんびりと散歩も兼ねて露店の場所へ。

まだ早朝ということもあり、露店の前に並んでいる人は誰もいません。と言いますか、私の場所だけ誰もいませんね。

周りが食料品を取り扱っている商人さんが多いせいか、そちらは朝から盛況のようで。

「それで、姐さんは今日は何を販売するんだ？」

「いつも通りですね。衣料品と日用雑貨、そしてお菓子でも売りますか」

ブランシュさんと話をしながら、路上に広げた絨毯《じゅうたん》の上に、次々と雑貨を並べます。

横にはハンガーラックとドレス、チュニックなどを吊るし、ブランシュさんに販売を担当してもらいましょう。

私は絨毯の上に座って、【アイテムボックス】からお菓子のサンプルの入った箱を取り出します。

これで準備完了ですね。

「すまない、つかぬことを聞くが」

顔を上げると、困り眉の男性が立っています。

「はい、いらっしゃいませ。どのようなご用でしょうか？」

「君は調味料を取り扱っているか？」

あ、これは朝から騒がしかった魔法の調味料を探している方ですか。

昨日、森の木陰亭にやって来た三人組とはまた違う商人さんのようですね。

ただ残念なことに、今日は醤油も味噌も酢も、取り扱う予定はないのですよ。

「いえ。醤油と酢と味噌は、昨日販売していましたが、今日は販売する予定がありません」

「い、いや、それも欲しいところだが。魔法の調味料というものがあるそうで、それを探している」

「あいにくと、それらしいものは取り扱っていませんね」

「そうか、すまなかったな」

男性は頭を下げて、ついでに適当な雑貨を購入してくれました。

「ブランシュさん、魔法の調味料って結局なんなんでしょう？」

「さあな、姐さん、【アイテムボックス】のリストはあるか？」

「ちょっと待ってくださいね。【アイテムボックス】！」

――シュンッ。

手元に在庫リストが記された紙が出てきました。

それをブランシュさんに見せると、ふむふむと納得したように、ある商品を指さします。

「魔法の調味料は、おそらくこれだな」

「ん？　エックスオージャン？　これは素材の旨味《うまみ》が詰まった調味料ですし、魔法の調味料なんて呼ばれるほどの効果はありませんよ？」

「普通ならな。でも、それは型録通販のシャーリィで購入したものだろ？　あそこで購入したものはすべて、精霊女王の加護によりさまざまな効果が付与されるはずだ」

「え？　ああ、そういえばそうでした」

シャーリィから購入したものすべてに、精霊女王の加護が与えられているのを、すっかり忘れていました。

以前【万能鑑定眼《ばんのうかんていがん》】を使って、販売している商品になんらかの魔術効果が付与されていることは確認していましたが……。

そういえば昨日、エックスオージャンを売った時に、効果を確認するのを忘れていました。

「確かに、精霊女王の加護つきの商品ならば、魔法の調味料なんて呼ばれてもおかしくありませんね」

うっかりやらかしてしまったようです。

「あの、クリスティナ様。すでに夕刻の鐘が鳴り終わりましたが」

「え、あ、あれ、ノワールさん？　ブランシュさんは？」

調味料の件について考えながら露店販売を続けていたら、いつのまにか夜になっていました。

「とっくに入れ替わっています。どうしますか？」

「急いで片付けましょう。残りの調査は、森の木陰亭で食事をとってからということで」

「かしこまりました」

急いでノワールさんと片付けを終えて、そのまま森の木陰亭に向かいます。

昨日、宿の料理人にエックスオージャンを渡しました。

そのせいで余計な騒ぎを引き起こしてしまったようですが……

ともあれ、どのような料理が作られるのかは楽しみですね。

そうワクワクしながら、森の木陰亭へ向かったのですが。

途中からどんどん人気《ひとけ》が多くなりまして。

宿に向かう一本道には、ずらりと行列が出来上がっていました。

「こ、これは一体なんですか？」

列の後方で思わず呟いてしまいました。

すると、最後尾に並んでいるお客さんらしき人が、ニコニコと笑いながら教えてくれます。

「何って、森の木陰亭のディナーを食べるために並んでいるに決まっているじゃないか？」

「そうそう。ほら、宿から漂《ただよ》ってくるこの香り。今朝からずっと、こんな感じのうまそうな匂いがしてるんだよ。もう、腹が減って仕方ないし、こいつなんて、お昼に食べたのにまた行こうって俺たちを巻き込んだんだからな」

あっちゃぁ。

「クリスティナ様。このまま並んでいるのも時間の無駄ですし。今日は諦めて、明日にでも向かってみるとよろしいのでは？」

「そうか、調味料の量はそれほど多くないから、明日には切れているってことですよね？」

ノワールさんの言いたいことが理解できました。

ここにずっと並んでいても、何も解決しません。

明日の午前中は露店も休みにして、森の木陰亭に向かうことにしましょう。

そう思って踵《きびす》を返し、宿に戻ろうとしますと。

「なあ、あんた、昨日あの宿にいた商人だよな？」

「魔法の調味料をあいつに売ったのは、お前だろう？」

「悪いが、残りはすべて買い取らせてもらう。この件については拒否権はなしだ」

出ましたよ、昨日森の木陰亭でソーゴさんとの取引を邪魔してきた三人組です。

「はぁ。私は売った記憶はありませんけど？　あの宿の料理人が、私が売ったと話していたのですか？」

「昨日から今日にかけて、あの宿に出入りしていた商人はあんたとソーゴだけだ。そしてソーゴは売っていないことがわかった、つまりあんたしかいねぇんだよ！」

そう叫びつつ、男の一人が懐から小さな水晶玉を取り出しました。

どうやら魔導具のようですけど、なんでしょうか？

「お前が、あの宿の主人に魔法の調味料を売ったんだろう？」

「いえ？」

私が返事をしますと、水晶玉は青く輝きます。

あれは、裁判などで使われている【嘘《うそ》を見抜《みぬ》く魔導具《まどうぐ》】でしたか。

青く光っているということは、私が嘘をついていないということですね。

三人組が呆然としていますけど。

「お、おや？」

「おい、この女じゃなかったのかよ！」

「ち、違うみたいだ、他に商人がいたのか、それとも店の外で接触したのか……悪かったな！」

狼狽《ろうばい》しつつ、三人組は私たちの前から立ち去っていきました。

うん、嘘はついていないんですよ。

売った記憶なんてありませんもの。

あれは、おいしい料理を作って食べさせてくださいって、サービスで差し上げたのですから。

「ノワールさん。今の彼らって、私に対して暴力を振るう可能性はありましたか？」

「いえ、ああ見えて話し合いで解決する気のようでした。まあ、私がずっと威圧していたので、武力行使はありえませんが。むしろ、私の睨みに必死に耐えようとしていたのは大したものです」

「はぁ。ともかく、これで面倒なことはなくなりそうですね」

案外平和的な方々のようですし、放っておいても大丈夫でしょう。

「だとよろしいのですが。クリスティナ様は、何かとトラブルを惹《ひ》きつける体質のようですので」

失礼な、と言いたいところですが。

否定できないですよね。

とりあえず！

今日のところは宿に戻って、のんびりと休むことにしましょう。

「できるのでしたら、明日にでもこの町を去るのがよろしいかと。誤魔化《ごまか》したとはいえ、これだけの騒ぎなら、商業ギルドも動くかもしれませんし、彼らの雇い主が直接動く可能性も考えられますので」

「ですわよね。では、明日にでも定期馬車でオーウェン領都に向かうことにしましょう」

なんだか、私ってずっと逃げ回っているように思えてきましたよ。

翌朝。

やはり朝から、外が騒がしいです。

昨日よりも騒々しく、お陰で朝六つの鐘よりも早く目が覚めました。

「ふぁぁぁぁ。また、昨日の騒動ですか？」

「そのようです。朝市を回っている大勢の男たちがいますね。やはり、魔法の調味料を探しているようですけれど」

「知りません。そういうことにしておきます……」

「ですが昨日のように魔導具を使われると、誤魔化すことができません。どうしますか？」

「仮に私が売っていたとしても、売らないと言ってしまえばそれでおしまいです。これだけ人目があるのですよ？　無理矢理購入しようなどという、力任せなことをするとは思えませんし」

身支度を整えて、ノワールさんと共に食堂へ。

昨日とはまた違う、このピリピリとした空気。

なんと言いますか、ご飯が不味《まず》く感じられそうです。

「お、ようやく来たか！　フェイールさん、こっちだ」

食堂の一角では、ソーゴさんが私を手招きしています。

はて、今日も何か欲しいのですか？

ノワールさんを伴《ともな》ってソーゴさんのいる席の正面に座ります。

複数人がけのテーブルなので、ノワールさんは私の隣の席につきました。

ソーゴさんの隣にも、知らない商人さんがいらっしゃいますね。

朝は相席が多くなりますが、それも仕方ないことです。

「おはようございます。ソーゴさんは随分と早いのですね？」

「まあな。ちょいとフェイールさんにお願いがあってな」

「取引ですか？」

「まあ、そんなところだ。あの小瓶、二つほど売ってくれるか？」

——トトントントトントントン。

テーブルを指で叩く音。

それは、斜め向かいの席の、小太りの商人さんのもとから。

『儲け話なら、一口乗せろ』

『待て、俺が先だ』

符牒でやりとりするソーゴさんと商人さん。

まずはソーゴさんから交渉するようです。

「二本。どうだ？」

「この騒動の中で買いたいとは。どういうお考えで？」

「なぁに。この騒動だからこそ、俺が一本売り飛ばして儲けるだけよ。それに、あの調味料を多くの料理人が使ったとしたら？」

「珍しくなるので、希少価値は半減。それでいて、フードカーニバルで使ったとしても、同じ味ばっかりになるので迂闊《うかつ》には使えなくなるということですか」

さすがはソーゴさん。

歴戦の商人さんですね。

「あと、このテーブルの商人は皆、俺と古い付き合いのあるやつばかりだ。こっちのルートを使ってばらまいてもいいと思ってな」

「そういうことじゃよ。わしはユザワヤという。そっちのやつはヨドバシ、隣がエーダイ」

一人一人、丁寧に挨拶してくれました。

つまり、皆さんが少量ずついろんな料理人相手に、魔法の調味料を売って歩くということなのですね。

それに、私が売っていたとバレたとしても、在庫がなくなったと言ってしまえばおしまい。

まあ、最初に譲ってあげた料理人さんには申し訳ありませんけど、騒動を終わらせるにはこの手しかなさそうですので。

――ジャラッ。

エックスオージャンの小瓶を取り出します。

二本だなんてそんなケチなことは言いませんよ。

一人四本ずつ、お売りしましょう！

「では、せっかくですので、私の持つ在庫はここで使い切ることにします」

テーブルに並べた小瓶。

それをすべて、ここにいる商人さんに販売しました。

残りは私の分の四本のみ。

ちょうど朝六つの鐘が鳴り、ノワールさんとブランシュさんも入れ替わりましたし。

あとはお任せして、急いでオーウェン領都に向かうことにしましょう。

◇　◇　◇

オーウェン領南東の宿場町・ハラタキ。

広大なヤーギリ川の近くにあるこの町は、オーウェン領から外に出るための大切な中継地点でもある。

ただ、都市レベルの機能を維持することはできず、未だ町としての機能を保つのが精一杯である。

それでも、他領との接点でもあり、大切な貿易の中継点でもあるため、この町には頻繁に商人たちが訪れる。

商人がやってくるということは、それなりの物流がこの町に集まる。

集まるということは、それなりに町は栄える。

特にオーウェン領は、他の領地よりもはるかにグルメな民が多い土地であり、領主自らも料理を作り、客人に振る舞うという噂も流れている。

『食を追求するなら、王都ではなくオーウェン』

これが、料理人の間に広まっている言説。

それを示すかのように、ハラタキにも王都と同レベルかそれ以上の食材が集まってくる。

だが、ここ数日で、どうも町の様子が変わってきていた。

古くから町にある食堂やレストランなどはそうでもないのだが、その他の、流れ者が営業している食堂や、フードカーニバルに出るためにやってきた料理人の開いた露店の評判がよろしくない。

「どの店も、似たような味付けである」

「この町特有の味ではない」

「駄目だな。これは出来損ないだ」

「マッズ。王都の一流料理人の私に、こんなものを食わせるな」

「カカカカ！　これ、料理？」

「この料理を作ったのは誰だ！」

とまあ、食を求めてきた旅人や自らの舌に自信のある商人が、ことごとくそれらの店を批判。

結果として店を畳《たた》む者もいるという。

「あの魔法の調味料が悪い！」

「あんなものが出回ったから、俺の腕が落ちたんだ」

「責任者を出せ、そいつを訴《うった》える」

などなど、閉店を余儀なくされた、もしくは町を出ることになった料理人や雇い主たちが叫ぶも、あの調味料をうまく使いこなしている老舗《しにせ》もあるので、町の人たちの目は冷ややかである。

それとは対照的に、あの魔法の調味料を解析し儲けようとした錬金術師もいるのだが、その素材がなんであるのか、どうやって作り出すのかという疑問の答えに辿り着くことはなく。

やがて、魔法の調味料の在庫が切れる頃には、町は元の賑やかさを取り戻したという。

◇　◇　◇

のんびりと乗合馬車に揺られること五日。

私たちを乗せた馬車は、『行商街道《ぎょうしょうかいどう》』と呼ばれている道を進んでいます。

この道はとても幅が広く、馬車が横に六台ほど並んでもまだまだ余裕があります。

この付近には、かつて勇者様が魔族討伐をしていた時代の魔導王国《まどうおうこく》の遺跡があったそうです。

今はまあ、遺跡自体の発掘調査も終わり、魔物が住み着いてはまずいということで埋められてしまったそうです。

なんというか、もったいない話ですよね。

「痛《い》たたた……」

そろそろ、自前の馬車が欲しくなってきました。

この馬車の揺れがですね、お尻に響いてキツイのですよ。

藁《わら》をまとめて袋に詰めたクッションはあるのですけど、中の藁を交換しないと潰れてしまい、柔らかさを失ってしまいます。

というか、その柔らかさを失ったものが、私のお尻の下にあります。

「ううう、もう限界に近いです」

「姐さん、シャーリィにはクッションは売ってないのか？」

「前に、期間限定のオリサンとかいう可愛らしいぬいぐるみなどが売ってましたよ。でも、その時は時計ばかりに目が眩《くら》んでしまって……」

ブランシュさんの言葉にそう返すと、やれやれと憐憫《れんびん》の目で私を見ています。

悪かったですね、儲け話を優先して自分の趣味や利益は後回しにしたのですよ。はいはい、こうなることがわかっていたら、買っていましたよ。

「ここに来る前の馬車は、どうだったんだ？」

「藁を交換したての新品ばかりでした……うう、この時間だと即日配送は無理です。商品の衣類をお尻の下に敷《し》くこともできませんし」

やむを得ず、コートを丸めて下に敷くことにしました。

はぁ。

行程上は明日にでも到着するはずですから、それまでの辛抱《しんぼう》です。

翌日。

森が開けて田園風景が広がり、その向こうに街並みが広がってきました。

このオーウェン領領都・ビーショックは砦《とりで》に囲まれていない、開けた都市です。

この辺りの土地は外敵が少なく、ダンジョンも存在しないため、砦を作る必要がないということだそうで。

そういえば、思い出しました。アーレスト侯爵家の別荘もここにありまして、私は幼い時に一度だけ、ここにやってきたことがあります。すっかり忘れてしまっていましたね。

その時はですね、南東から川を越える街道ではなく、北東の山脈越えの旧街道を使用していたと記憶しています。

あそこはもう封鎖されてしまったので、通行できないのが残念ですね。

そのまま街の入り口、お飾りとして造られた正門に到着。

身分証を提示して、ついに目的地に着きました。

「それで、姐さんはこれからどうするんだ？」

「宿を取ってから、商業ギルドに向かいます。預かっていた手紙の件もありますし、フードカーニバルも気になっていますから」

そうです、街全体がフードカーニバルのために飾り付けられていまして、あちこちに食べ物の露店が並んでいるんです。

衣料品などの商品に匂いが染み付かないように、食べ物は一角に集まっていたり、複数の店が並ばないようになっていたりと工夫が見られます。

そして、あちこちに見える冒険者の姿。

露店が雇った護衛かと思えば、そのお店の料理を食べて大声で感動しているじゃないですか。

「サクラだな、あれは」

「サクラ？　王都に咲いている木ですよね？　勇者様の世界の植物と同じものだという」

「違う違う。勇者語録《ゆうしゃごろく》にあるだろ？」

「え？」

【アイテムボックス】から勇者語録をまとめた本を引っ張り出して探します。

すると、確かにありました。

サクラとは、店が雇った日雇い冒険者のことで、料理を派手に褒めちぎってお客を集めるのが仕事のようです。

「なるほど。この街の冒険者ギルドには、サクラの仕事があるのですか。王都では見かけない依頼ですわね」

そうブランシュさんに告げると、馬車の中の他のお客さんもクスクスと笑っています。

あ、私の声が外に漏れていたのですか。

それは大変失礼致しました。

そんなこんなで赤面しつつ、乗合馬車も終点に到着。

護衛の方たちともこれでお別れ、私たちは商業ギルドへ向かいました。


建物の外には、あちこちに荷馬車が停まっています。

そして職員の方が荷馬車を別の場所に誘導中。どうやら納品馬車のようですね。

そのまま建物に入り受付に向かいま……うわぁ。

「えらく混んでいるな」

「そ、そうですね。これは予想外でした」

いくつもあるカウンターでは、職員さんが次々とやってくる商人の応対中です。

入り口近くのテーブルでは、あちこちで商人さんが取引をやっていたり順番待ちをしたりしているようで。

なるほど、個別に話をしたい場合は、受付カウンターで順番の書かれた割符をもらう必要があるのですか。

それをもらってしばし順番待ち。

ふと時計を見ると、間もなく夕方六つの鐘。

――カラーンカラーン……

「お、時間か。じゃあな、姐さん」

「お待たせしました、クリスティナ様」

ブランシュさんが消えてノワールさんが出てきます。

でも、これって人前で入れ替わっても、誰も驚かないのは何故でしょうか？

配送馬車と同じく、認識阻害の効果がかかっているという理屈なら納得できるのですけれど。

「二十四番の割符《わりふ》をお持ちの方、五番カウンターへどうぞ」

「はい！」

私の番です。

指定されたカウンターに向かい、割符を手渡してから。

お父様から預かってきた封書を取り出して手渡します。

「こちらを届けるように、王都のアーレスト侯爵様から仰せつかりました」

「はい、確認しますので少々お待ちください」

担当の方が手紙を持って、奥の部屋へ向かいました。

さて、オーガが出るか、ドラゴンが出るか。

少ししてから、先ほどの担当さんではなく、物静かそうなご高齢の職員さんが来ました。

「クリスティナ・フェイール様ですね。個別にお話ししたいことがありますので、こちらへどうぞ」

「はい。彼女も同行してよろしいですか？　私の護衛なのですけど」

「構いませんよ。では、こちらへ」

そう告げられて案内された先は、ギルドの応接間。

それも、どう見ても貴族とか身分の高い方用にあつらえられた部屋ですよね？　調度品でわかります。

その部屋に案内されて、私はソファーに座るよう促されました。

別の職員さんがハーブティーを持ってきてくださいましたが……私、どう見ても貴族扱いされています。

「さて。改めて自己紹介をさせていただきます。私は、このオーウェン領商業ギルド統括を務めています、ルメール・シナモーンと申します。こちらのアーレスト侯爵様の書簡を確認させていただきました」

「は、はい、よろしくお願いします」

「なるほど、では、すぐに手続きをしますので、しばしお待ちください」

ニッコリと微笑んでから、ルメールさんは部屋から出ていきましたけど。

私、ひょっとして何かやらかしましたか？

第三章　まさかまさかのフェイール商店本店？

オーウェン領領都・ビーショック。

この街の商業ギルドの者に手渡すようにと、父から預かった書簡。

それを届けに来ただけなのですが、貴族の応対に使うような上質な部屋に案内され、おいしいハーブティーをいただいています。

そしてギルドマスターは少し私と話をした後、処理がどうこうと言って部屋から出ていってしまいました。

「クリスティナ様。こちらのハーブティーですが、型録通販のシャーリィから取り寄せたマカロンなる菓子との食べ合わせを試してみるのはどうでしょうか？」

嬉しそうに告げるノワールさん。

はい、つまりマカロンが食べたいのですね？

「そうですね。この味わいですと、マカロンが合うと思いますわ」

私はそう言って、【アイテムボックス】からマカロンの入っている小箱を取り出し、テーブルの上に広げます。

さまざまな彩りの、おいしそうなお菓子。

マカロンは、露店にはほとんど並べていませんし、こういう場でも食べるのは珍しいのですよ？

おいしいのですけど、飲み物を合わせる際にはなかなかバランスを取るのが難しくてですね。

でも、このハーブティーとなら合わせられるかもしれません。

——パクッ。

一口かじって、味と歯触りを楽しみます。

その後にハーブティーを一口。

うん、甘さがほどよく中和され、代わりにお茶の風味が口の中に広がっていきます。

口の中に残るのは、ハーブのかぐわしい香り。

そしてまた一口。

ああ、これは止まりませんわ。

——ガチャッ。

「お待たせしました……」

「は、はい！」

おっと、夢中で食べてしまっていました。

慌てて食べかけのマカロンを箱に戻します。

そして私の席の前に、ギルドマスターのルメールさんが座り、いくつかの書類を用意してくれました。

「では、こちらが譲渡手続きの終わった屋敷及び土地の権利書です。これでビーショックにあるアーレスト侯爵家の別荘の所有権は、クリスティナ・フェイール様のものとなりました」

「……え？」

「こちらは今年度分の納税完了証明書です。来年度以降の税金につきましても、アーレスト商会オーウェン支店の支払いとなっておりますので、ご了承ください」

「あ、あのですね？　なんのお話ですか？」

いきなり、屋敷と土地の権利が私のものになるというのは、どういうことでしょうか？

こんな事は、私は聞いて……あれ？

以前、ラボリュート領でお父様とお話しした時に、何か考えていたようですけど。

まさか、このことでしたの？

「ブルーザ・アーレスト様からいただいたお手紙には、こちらの別荘についての権利譲渡及び納税についての手続きに関する指示がございました。こちらを確認した時に、フェイール様は確かに『よろしくお願いします』と仰いましたよね？」

「え、あ、あら？」

「では、これで完了です。すでに管理の者が屋敷の中を使えるようにしておりますので。それでは、今後ともよろしくお願いします」

「は、はい！」

思わず頭を下げてしまいます。

いえ、色々と聞きたいこともありますが、恐らくは書簡にも書いてあるのでしょう。

正直に事情を説明してしまえば、私が屋敷を受け取ることはないと。

そのために、多少は強引でも、譲渡手続きを進めてほしいと。

それぐらいのことは、父ならばやりかねませんから。

「あの、フェイール商店として露店の申請を行いたいのですが、よろしいでしょうか？」

「それでは二階の受付をご利用ください。そちらは特別会員様しかご利用できませんので」

ルメールさんがスッ、と私の前に、商業ギルドの会員バッジを出してきました。

これは貴族の、しかも伯爵位以上の方しか受け取ることができない会員バッジではないですか？

「こ、これはさすがに受け取れません！　父の願いなのかもしれませんが、ここまでしていただくことなど」

「勘違いされては困ります」

え？　これは父の差し金ではないのですか？

「こちらは、選ばれた会員にのみ贈られるものです。フェイール様は、【アーレストの秘技《ひぎ》】を受け継いでおられるのですよね？　商業ギルドにとっては、初代勇者であるカナン・アーレスト様はまさに英雄。その方の残した言葉に、『精霊女王の加護を持つ者を愛せよ』とあります」

「つまり、私が加護を得ていると？」

そう問いかけると、ルメールさんが笑顔を見せてくれます。

「初代勇者アーレスト様、その仲間であるエセリアルナイトのノワール様を従えているのです。疑う余地などありません」

「どうしてそれを！」

動揺して叫んでしまいましたけれど、ルメールさんは口元に人差し指を立ててから、そっと自分の右目を指さしました。

つまり、【鑑定眼《かんていがん》】の持ち主なのですね。

これは、素直に受け取ることにしましょう。

「ありがとうございます。では、こちらは確かにお預かりします」

「まあ、二階のカウンターと言いましても、並ぶ手間が省けるのと専属の職員がつく程度ですので、ご安心ください。また、商業ギルド職員は秘密厳守、何があってもお客様をお守りします」

その言葉に深く頭を下げます。

では、まずは手続きを終えて、私のものになった別荘へ行くことにしましょう。

いえ、手続きを終えたらかなり遅い時間になってしまうので、一泊どこかの宿に泊まってからの方がよいでしょうね。

「それでは、失礼します」

「はい。今後とも、よろしくお願いします」

部屋から出て、二階カウンターに立ち寄ってから商業ギルドを後にしました。

ノワールさんがふと私の方を見て言います。

「クリスティナ様。マカロンの箱を置いてきましたが、よろしいのですか？」

「……あら？　私、慌てていましたか？」

「はい。今現在も、右手と右足が同時に出ています」

「あらら……」

これはいけません。

淑女たるもの、常に冷静に。

そして、寛容な心を持たなくてはなりません。

「まあ、置き土産ということで」

「では、そのように」

「はい。処理についてはうまくやってくれるでしょう。では、宿に行きましょうか」

明日の朝、別荘に向かうこととしましょう。

◇　◇　◇

――ビーショック、アーレスト商会オーウェン支店。

この日。

オーウェン支店は混迷を極めていた。

このオーウェンにアーレスト商会関係者がやってくるのは、年に一度のみ。

毎年春に、各支店を監査するために訪れる担当官がいるのだが、今年は様子が違っていた。

つい先月、王都本店から派遣されてきた初老の男性。その人が監査を行ったのち、当面の間、このオーウェンに住むということになったらしい。

それまでは緊張感はあっても和気藹々《わきあいあい》とした雰囲気であったのが、いきなりの緊張感の連続。

しかも、もっと上の人間もやってくるということになり、オーウェン支店はいつになく落ち着きがなくなっていた。

「き、き、来た！　監査さんが来た！」

従業員の一人が、入り口に飛び込んできてから叫ぶ。

その一言で店内に緊張が走る。

——カツンカツン。

靴音を鳴らしながらやってきたのは、アーレスト家の元家宰にしてオーウェン支店監査担当、マッハ・シュタイナー。

まるで鬼のように言われているが、じつは気さくな老人。

過去には傾きかけていた各地の支店を立て直すなど、さまざまな功績を挙げている。

現役を退いてアーレスト家の家宰となったが、後継者にその座を譲り、このオーウェンに着任したのである。

「おはようございます」

「「「おはようございます！」」」

元気のいい声が返ってきて、マッハは嬉しそうに頷いている。

しっかりと声が出ていて、相手の顔を見て挨拶ができる。

商人としての最低限の礼儀作法は仕込まれていると感じ取ったのだ。

「色々と私の噂は聞いていると思いますが、私は皆さんのやり方に口を出すつもりはありません。

支店ごとの特色があるのは理解しています。ですので、基本的には顔を出しても、あれこれと指示は出しません」

いきなりの言葉に、従業員たちは面食らう。

もっと堅物で、仕切り屋が来ると思っていた従業員たちはほっと胸を撫で下ろした。

「では、マッハさんは普段は何を？」

「別荘の管理でしょうなぁ。新しい主人がいつ到着してもいいように、しっかりと準備をする必要がありますので。まあ、私とメイドが一人、あとは料理人が一人の計三人しかいませんけれど……それでも十分でしょう」

「何かお手伝いができることがありましたら、いつでも仰ってください」

「この街のことなら、私たちの方が詳しいですから」

すぐさま打ち解ける従業員たち。

そんな話をしている最中、アーレスト商会オーウェン支店の目の前を、クリスティナ・フェイールが通り過ぎているなど誰も予測はしていなかったであろう。

「クリスティナ様。ここにアーレスト商会の支店がありますよ？」

「あら、本当。以前はなかったのですけど。少しご挨拶……いえ、私はもう、アーレスト家とは関係がありませんので」

中に入ろうと立ち止まるものの、クリスティナはすぐに頭を振ってその場を立ち去っていった。

◇　◇　◇

翌朝。

ビーショックの市街地を通り抜けて。

郊外に向かう途中の丘、そこに旧アーレスト侯爵家の別荘がありました。

綺麗に手入れされている庭、外敵から身を守るための門。

昔と同じ光景です。

一つだけ違うのは、正門には護衛の騎士はいません。

侯爵家がここを使う際に先に派遣されてくるのですから、今はいるはずもないのですが。

——ギギギィィィ。

門戸も錆《さ》びているようで、建て付けが悪くなっています。

まあ、最後に使ったのはおそらく数年前、その間は管理人さんが手入れをしているのでしょうけれど、さすがにここまでは手が回らなかったのか、あるいは他の理由があるのか。

——ギイッ。

「そんな雑務は、俺に命じてくれ」

ブランシュさんが力一杯、門戸を開きました。

正門は馬車が通るために大きく、さすがにそこを開けるだけの力なんて私にはありません。

なので、横の通用門を開いてもらいました。

そして門の中には、しっかりと手入れされた庭園があります。

門代わりの鉄柵越しに見ても凄かったのに。

中に入ると、さらに懐かしさもひとしおです。

「……なあ、姐さん。ここは侯爵家の別荘で、普段は使われていないんだよな？」

「ええ。確か、街の商業ギルドに委託して、定期的に手入れはされていると聞きましたが」

「ふぅん。その手入れっていうのは、かまどに火を入れるところも含まれているのか？」

そう告げてから、ブランシュさんが屋敷の煙突を指さします。

そこからは確かに、煙が立《た》ち上《のぼ》っています。

「いえ……そういう話は聞いたことがありません。ちょっと確かめてきます」

私が走り出そうとすると、突然、ブランシュさんが私の手を取ります。え、何か危険でも？

——キィイイッ。

すると突然、正門がゆっくりと開きます。

そして馬車が一台、堂々と入ってきました。

しかも、馬車の左右前方には小さな旗が揺らめいています。

国を支える十大商会にのみ許された、王家御用達を示す旗。

それと扉に彫《ほ》られた紋章は、まさしく幼い時から見覚えのあるもの。

「あら？　あれはアーレスト商会の御用馬車ですね」

「ふぅん。まあ、悪意は感じないから大丈夫か」

ブランシュさんが手を離してくれるのと、馬車が私の真横に停まるのは同時でした。

そして勢いよく扉が開くと、中からよく見知った老紳士が降りてきました。

「これはクリスティナ様、随分とお早い到着で」

「え？　何故、ここにマッハさんが？」

はい、アーレスト家に代々仕えているシュタイナー家の方です。

王都の邸宅の家宰であるジェスターさんを筆頭に、彼の息子さんたちもアーレスト家に仕えているはずなのですが。

「おや？　ブルーザ様からお聞きになっておられませんでしたか。私こと、マッハ・シュタイナーは本家の家宰を引退し、監査役としてこちらにやってきたのです」

「なるほど。それはお勤めご苦労様です」

「そして、このフェイール家の屋敷の管理もするようにと仰せつかっております。今後とも、よろしくお願いします」

「なるほど……って、えええ？」

ニッコリと笑顔で告げるマッハさん。

なるほど、これも父の差し金なのですね。

私があちこちをフラフラしないようにと、監視役としてここにいるのですね。

「ちなみに、料理長のアレンと、お嬢様付きメイドのアリスも同行しておりますよ。今後ともよろしくお願いいたします」

マッハさんがそう頭を下げると同時に、屋敷の扉が開いてアリスとアレンさんがやってきました。

「クリスティンお嬢様！」

「しーっ！　私はクリスティンではありませんよ。クリスティナ・フェイールです」

「はい！　またお嬢様にお仕えできるなんて、夢のようです」

「私もです。本家の料理長の座は後進に譲り、この田舎町でのんびりしようとしていたところです」

はぁ。

完全に、お父様にしてやられましたわ。

そう頻繁に別荘を使うのはやめておこうかと思っていましたのに。

まさか外堀からしっかりと埋めてくるなんて、予想もしていませんでしたから。

でも、よくこの屋敷を譲ることを、あの継母《ままはは》が許しましたよね？　何か裏技があるのかも知れませんけれど。

ちなみに裏技というのも勇者語録に書いてありましたわ。

物理効果無効な敵も二百五十六撃撃ち込むと破壊できるとか、太刀筋を上上下下左右左右……あと、なんだったか忘れましたが、それを使うことで敵を無力化できるとか。

つまり、普通ではない手段が裏技だそうです。

そして。

私の横でゲラゲラと高笑いしているブランシュさん。

なんだか釈然《しゃくぜん》としません。

「姐さんの負けだ。これは素直に受け取っておけ」

「そもそも、断る気もありませんわ。みなさん、よろしくお願いします」

「「はい！」」

変にかしこまることのない挨拶も好きです。

「ちなみに俺はブランシュ。エセリアルナイトで、姐さんの護衛騎士だ。俺以外にも、夜にはノワールっていうエセリアルナイトが護衛をする。よろしくな」

ブランシュさん、その挨拶は理解してくれる方が少ないのですけど。

マッハさんはブランシュさんの自己紹介に頷くと、私に向かって微笑みました。

「再びクリスティナ様にお仕えできることを、ここにいるアーレスト家の使用人を代表して心より感謝いたします」

「私はアーレスト家とは何も関係ありません。今は、一商人として対等なお付き合いをさせてもらっていますからね」

「かしこまりました」

これで湿っぽい挨拶はおしまい。

さぁ、新しい家での第一歩を踏み出すことにしましょう。

新しい街ではなく？

いえいえ、露店の場所は押さえてありますので、いつもとやることは変わりませんから。


――フェイール邸・食料庫にて。

屋敷の中で、皆さんに詳しいお話を聞きますと。

まだこの屋敷に到着して間がなく、掃除などは終わらせてあるものの、備品などの足りないものは補充していないそうです。

これはあれですね？

型録通販のシャーリィの出番ですね。

とは申しましたものの、すでにお昼は過ぎています。

今日のところは、私の【アイテムボックス】に納められているものを引っ張り出すことにしましょう。

ということで、まずは食料庫にやってきました。

販売用ではなく、そのうち使うだろうと取っておいた調味料や食材を片っ端から出してみましょう。普段使うのは料理長だったアレンさんなので、彼に一つずつ説明をして棚にしまってもらいました。

「……調味料は、これで大丈夫。お米もしばらくは持ちそうですね」

「クリスティナ様。ここに並んでいる調味料については、あとは実際料理を作る時に試してみないとわかりませんが。それでよろしいですか？」

「はい。それでお願いがあるのですが……」

ソッ、と【アイテムボックス】から取り出したのは、シャーリィの魔導書で見た『全国各地の名産品お取り寄せ』というページの食材です。

電子レンジとか聞いたことのない魔導具を使うものは買っていません。ですが、簡単なものをいくつか仕入れてあったのです。

それらは常温保存可能と書いてありましたので、アレンさんに手渡します。

「今晩ですけど。この料理をお願いできますか？」

「これですか？　これはまた不思議なもので……」

袋に書いてあるのは『長崎ちゃんぽん』という文字。

長崎というのは異世界の地名らしいのですが、ちゃんぽんとは何か？

私にも見当がつきません。

それと『横浜中華街謹製・至高の麻婆豆腐《マーボーどうふ》』。

これに至っては何が何やら。

必要なものは一通り用意しましたので、これを作ってもらうように提案しました。

「作り方は、私が説明しますね。まずは……」

勇者言語なのでアレンさんにはちんぷんかんぷん。

私が読み上げた説明を必死にメモに取ってもらい、あとは料理人の勘にお任せです。

どんな料理ができるのか、楽しみですね。

私が屋敷に来て最初の夜。

そう、初めての晩餐です。

いつもなら宿屋さんの食堂で、店主さんやお店の料理人が手間暇かけた料理に舌鼓《したつづみ》を打っている時間です。

でも、今日は屋敷での食事。

私とブランシュさんだけでは寂しいので、マッハさんやアリス、そして料理長のアレンさんもご一緒に、楽しい食事会です。

「あ、あの。私のようなメイドが一緒にお食事をいただいて、よろしいのでしょうか？」

「同感ですが……まあ、クリスティナ様が是非にとおっしゃるので」

アリスさんとアレンさんは硬くなりつつも、料理をテーブルの上に並べます。

貴族の食事のように、一つ一つ順番に持ってくるのではなく、こう、テーブルにどかーっとできた料理を並べてもらっています。

こうして皆さんで取り分けて食べるのも、楽しい一時が過ごせますよと型録にも書いてありましたので。

「しかし。こちらはパスタ料理のようですが。見たこともありませんね。スープに浸かっていますし、それにこのように具がたくさんなのも珍しいかと」

マッハさんが首を傾げるのを見て、アリスが口を開きます。

「それを言いますなら、こちらの真っ赤な料理こそ意味不明ですわよ？　確か麻婆豆腐とか申しましたよね？　いずれにしても、クリスティナ様がご用意してくださったのですから、しっかりと堪能することにしましょう」

私もお皿の準備を。

こういうアットホーム的な楽しさは、侯爵家の娘だった時にはありえませんでしたから。

そしてようやく全員が席に着くと、晩餐の始まりです。

私も含めて、皆さん、最初は恐る恐る食べていましたのに。

一口、また一口と食べ進むことで言葉が出なくなり、ただ黙々と食べ続けます。

「これが、勇者様の世界の食事なのですか……」

「え？　これは異世界の料理なのですか？　どのようにしてこの素材を？」

私の呟きにアリスが驚いています。

「それは秘密です。まあ、食後のデザートもご用意してありますから、今はこちらに集中してください」

「この赤い方の料理……麻婆豆腐というのは、辛《から》いのですがなんと言うか、癖になりそうですな」

「こちらのちゃんぽんというのも、革新的料理です！　これが異世界なのですね？」

気がつくと、テーブルの上の麻婆豆腐も長崎ちゃんぽんもすべて空っぽ状態です。

そして、最後の仕上げは、やっぱりアイスクリーム。

さあ、これを食べてまだ抵抗できますか？

どの町でも子どもたちに好評なアイスクリームを、どうぞ堪能してくださいませ。


「クリスティナお嬢様。こちらの料理は、まだ在庫があるのですか？　私としては、接待などで使ってみたいのですが」

食後の団欒《だんらん》。

そこでマッハさんが、私に問いかけました。

詳しくお話を伺いますと、この街の有力な商会や貴族を相手に交渉を持ちかける際、大抵は晩餐会の後で行うそうです。

さすがは食の都というところでしょう、この街の人たちは、皆さん食に一家言お待ちだそうで、その晩餐会の成功度合いにより、交渉の結果が大きく揺らぐとか。

まあ、まずいご飯を出したからといって交渉が中断されるわけでもなく、ただ、事務的に淡々《たんたん》と進むそうです。ただ、たまに割引交渉などありえないといった空気になることもあるそうで。

「そうですね。ある程度の量は倉庫にしまってありますし、在庫管理についてはアレンさんに任せてあります。アーレスト商会の商談に、この屋敷を使うのですか？」

「もしもお許しがいただけるのなら。その際は、フェイール商店のお力をお借りして、としっかりと説明はするつもりですが」

自分で用意するだけでなく、美食への伝手を持っているかどうかも、商会の力の強さを示す、なるほど。

他ならぬマッハさんのお願いなら、断る必要はありません。

「どうぞ。マッハさんの判断で、ご自由にお使いください。ただ、アイスクリームなどの冷蔵保存、冷凍保存が必要なものは、私の【アイテムボックス】で保管しなくてはなりませんので、あらかじめスケジュールを組んでおいてくれると助かります」

「クリスティナ様、いつのまに【アイテムボックス】を？」

「アーレスト家から追放されてからですわね。【万能鑑定眼】も【アイテムボックス】も、【アーレストの秘技】も使えるようになりました」

——ガタッ。

そう告げると、マッハさんが思わず立ち上がります。

「そ、それは、初代カナン・アーレスト様の所有していたスキルではないですか？　クリスティナ様は、アーレスト家の正当な跡取りだったのですか」

「この力を授かったのは家を出てからです。そうですね、そう考えますと、今後アーレストの力を継ぐ者は、私の家系に現れるようになるのでしょうか？」

ハーブティーを飲みつつ、のんびりとそう告げます。

まあ今更、この国の貴族が私を娶《めと》る、あるいは養女にして勇者の血筋のスキルや知識を欲しても、国が定めた貴族法に逆らうことはできません。

侯爵家を追放された私は、爵位を持つ者との婚姻、養子縁組は行えないのですから。

逆に考えれば、そのような瑣末《さまつ》な問題から国が助けてくれるということになりますね。

そう伝えると、マッハさんは座り直しながら深く頷きました。

「貴族法でしたか。それを撤回できるのは国王のみ。しかし、このことが陛下の耳に届き、国王権限でクリスティナ様の追放が取り消された場合は？」

「それでも無理ですわ。家を出る際に、契約の精霊・エンゲイジに宣言したのですから」

契約の精霊エンゲイジは、精霊女王の副官の一人。

その名前を使った契約は絶対にして絶大、破棄することなど認められません。

それを覆《くつがえ》すものがあるとするなら、それこそ精霊女王のお言葉のみ。

私たちの世界では精霊女王は神に等しい存在ですから。

「それも、奥様の入れ知恵でしょう。オストール様やグランドリ様にアーレスト家を継いでもらうため。しかし、そのオストール様は継承権を失い、今はグランドリ様がアーレスト家の後継者になるだろうと噂されています」

「ふぅん。まあ、お父様がそう判断したのでしたら、そうなのでしょう。私にはもう、関係がありませんから」

私を嵌《は》めようとしたクソ次男は許しませんけど。

グランドリ兄様ならまあ、商才もありますので問題はないのでしょう。私と違い、本店勤務で敏腕商人として名をあげていましたから。

「クリスティナ様には、欲はないのですか?」

「欲?」

そう言われても、そうですわね。

すでに商人として楽しい日々を過ごしていますし。

怖い思いもしましたけれど、個人商隊《トレーダー》にはつきものですし、ブランシュさんもノワールさんもいらっしゃいますから。

そう考えますと、今以上に望むことなんてあるのでしょうか?

「う~ん。商人として、今のような生活を続けられるのなら、それでいいかなぁと思っています。まあ、少ししたらまた旅に出る予定ですので」

「旅ですか。隣国にでも向かう予定で？」

「ここからですと、このオーウェン領の北西のマーシャル聖王国が近いですわね。ただ、お父様からは、頼むから外国には行かないでほしいって頼まれていますから……その手前の貿易都市ぐらいまでは行ってみたいですわ」

勇者様のご機嫌を取るためには、どうしても私から異世界の商品を購入しなくてはなりませんからね。私が国外にいると不都合が生じるということでしょう。

でも、すでに配達先指定のコマンドがありますから、いつでも届けることはできるのですよ。

問題は、注文を受ける方法と支払いです。

何が欲しいかを問う手段がありません。

また、私が立て替えた代金を父に支払ってもらう必要もあります。

逆に言えば、その辺りをクリアできれば、恐らくは外国に向かうこともできるのでしょう。

「そうですか。そういえば、馬車はお持ちなのですか？」

「え？　馬車ですか？」

「はい。個人商隊《トレーダー》は大抵、馬車を持っています。それに積荷のすべてを【アイテムボックス】に入れていますと怪しまれたり、悪い輩に目をつけられたりすることもあります。それを誤魔化すための積荷も用意しておくと、表向きにもしっかりとした個人商隊《トレーダー》に見られるでしょう」

「確かに。今のクリスティナ様は、商人の娘さんが旅をしながらものを売っているようにしか見えませんからね」

「ぐっ……」

ノワールさんまで、そのようなことを。

でも、馬車って高価ですし、馬の世話も大変なのですよ?

まだそれを用意するだけの力も財力も……財力はなんとかなりそうですわね。

「か、考えておきます。当分はこの街でのんびりとする予定ですし、露店の契約も行いましたから」

「ほう、すでに露店を出す場所を決めていましたか。それはどちらで?」

「ちょっとお待ちを……と、ここですわね」

地図はないのですが、街区の記されている契約書はあります。

あとはここに明日向かい、露店を始めるだけです。

すると、マッハさんが顎《あご》に手を当てて頷いています。

どうやらその街区に、心当たりがあるようです。

「なかなか、面白い場所ですね。影ながら応援しています」

「……何か含みがありそうで、怖いのですが」

「いえいえ。では、私は明日の準備を行いますので、夜更かしなどなされませんように」

「その言葉を聞くのも、久しぶりですわね」

「では、おやすみなさいませ」

丁寧に頭を下げて、マッハさんが部屋から出ていきます。

私も早く部屋に戻りませんと、アリスたちの寝る時間がなくなってしまいますわ。

昔と違うから、私のことは放っておいてかまいませんよって話しても、主人が眠る前にベッドに入るなどとんでもないと固辞されてしまいましたから。

さて、明日が楽しみです。

◇　◇　◇

オーウェン領都、ビーショックの朝は早い。

街を囲む城塞がないため、朝日が昇ると同時に、街の人たちは外の田園へと仕事に向かう。

それと同時に、朝市に間に合うようにと隊商《キャラバン》が街にやってきて、あらかじめ登録してあった場所に向かい店を広げる。

あちこちの宿や食堂から仕入れのために料理人が足を運び、朝市は活気に溢れている。

そんな光景を眺めつつ、クリスティナは自分の露店の場所を確認するために中央街区へと足を運んだのだが。

指定された街区には露店を開く場所はない。

その街区は露店経営が禁止されており、道の左右には老舗の店が軒を並べ、大勢の買い物客で賑わっていた。

そしてクリスティナが到着した場所には、小さな店舗が一つ。

『フェイール商店・仮店舗』

という張り紙が貼られているのであった。

◇　◇　◇

「な、な、な、なんですか！」

おはようございます、クリスティナです。

いいえ、挨拶は大事なのですがそれは置いておきましょう。

今、起こったことを端的にご説明します。

露店の場所がなく、お店がありました。

そして扉には『フェイール商店・仮店舗』の張り紙が。

「はぁ。これはあれだな、姐さんの親父殿に嵌められたな」

「嵌められた？　これは父の差し金ですの？」

「それはわからんが。まあ、露店ではなく店を借りられたのはいいんじゃないか？　雨風もしのげる、変な輩もやってきそうにない。とりあえず、入ってみてから考えればいいさ」

そう話してから、ブランシュさんが先に入っていきます。

そして中をぐるりと見渡してから、私にチョイチョイと手招きをしています。

どうやら安全なようですけど、本当に、この店舗を露店場所を借りるのと同じ金額で借りていいのでしょうか……

「うわぁ……これはまた、丁寧な作りのお店ですね」

入り口から入って正面にはカウンター。

そして左右の壁には、商品を陳列《ちんれつ》する用の棚があります。

カウンター奥の扉は、恐らく倉庫や休憩室、事務室に繋がっているのでしょう。

あちこちを見て回ると、ここがかなり安全な地区であることも窺《うかが》えます。そうでなければ、商品を並べる棚の横に入り口なんて作るはずがありませんから。

カウンターの中に店員がいる状態なら、その気になれば棚から物を盗《ぬす》んで逃げることぐらい難しくありませんしね。

「姐さん、カウンターにこんなものがあったが？」

「へ？　何がありました？」

そう尋ねながらカウンターに戻りますと。

手紙と鍵が置いてありました。

「不用心というか、信用されているというか」

「私たちが来る少し前に置かれたようですね」

手紙にそう書いてあります。

そして、本来なら直接お渡しする予定でしたが、急ぎの用事が入り、この様な無粋な対応をして申し訳ありませんという謝罪から始まり、この店舗の権利譲渡が完了していること、所有者がクリスティナ・フェイールに変更されていることが記されています。

加えて、元々はアーレスト商会が保有していた物件だったけれど、店舗拡大のために別の場所に移り、ここは倉庫として使われていたこと。

あとは、初年度の納税手続きは終わっているので、来年度からは普通に商業ギルドにて納税手続きを行う必要があることも書かれていました。

「……やられました」

「そうだな。ここで商売しろっていう親父さんの策略だな」

「はぁ。こうなりますと、ここで商売するためのものを用意しつつ、私は旅に出たいところです」

「そりゃあ、なかなか難しいよなぁ。型録通販は姐さんしか使えないし……いや、そうでもないか？」

「え？　何かあるのですか？」

私以外も魔導書を使える方法が？

それはなんですか？

「いや、そんな話を聞いたことがあったような気がするんだが……カナン様は、それについては実現できなかったはずなんだ。契約者以外が、シャーリィの魔導書を使うなんていう奇跡みたいな技は」

「そうですか。まあ、それならそれで、劣化の少ない商品を大量にここの倉庫に預けておけば、万事問題はありませんわね」

「案外やる気は十分ってことか」

ニッコリと微笑んでおきましょう。

「それじゃあ、今日は開店準備だけしておいて、近日中に開店することにしますか」

「そうだな。それじゃあ、俺は掃除でも始めるか」

店の掃除はブランシュさんにお任せしました。

私は、何を販売するか決めて、商品の陳列リスト作成と発注の準備をすることにしましょう。


翌日。

店の中の掃除は一通り終わり、商品の発注も完了しました。

そして。

ちょうど、昼の鐘が鳴り響いた時に、ペルソナさんの馬車が到着しました。

「こんにちは。ご注文の品をお持ちしましたが……これはまた、店舗を構えたのですか？」

「いえ、構えたと言いますか、構えさせられたと言いますか……色々とありまして」

「そうですか。まあ、店舗を構えようとも、私たちはクリスティナ・フェイール様に商品を届けることについては変わりませんので、ご安心ください」

そう言ってもらえると、ホッとします。

「ありがとうございます」

「しかし、そうなりますと……やはりあれも必要になりますか」

「あれ？」

はて？

何が必要になるのでしょうか？

私にはピンとこないのですけど。

「あれとは、なんでしょうか？」

「まあ、それはまた、近いうちにお届けします。それよりも、先に納品を済ませておきましょう」

「それもそうですね。では、ちゃっちゃと済ませましょう！」

そのまま納品作業を行います。

店内に運び込めばいいのですが、それはまだ早いと止められました。何が早いのか、私にはピンとこないのですけど。

ペルソナさんがそう言うのでしたら、何かあるのでしょう。

「さて、これで終わりました。今回の注文量が多かったのは、この店舗のことがあったからなのですね」

「そうですね。いつもペルソナさんにはご無理を言いまして、本当に申し訳ありません」

「こちらこそ。いつも型録通販のシャーリィをご贔屓いただき、ありがとうございます」

あとは支払い手続きを終え、新しい発注書を受け取っておしまいです。

今回もありがとうございました。

「おや？　そうなりましたか」

これでおしまいかと思いましたが、ペルソナさんが私の手にしたシャーリィの魔導書を見ています。

まさか、レベルが上がりました？

「ひょっとして？」

「はい、おめでとうございます。型録通販会員レベルが4になりましたので、新しく型録のページが追加されますね」

そう話しながら、ペルソナさんは新しい型録を手渡してくれました。

それを受け取り、魔導書の上に載せると、シュンッと魔導書に吸い込まれていきます。

「新しく解放されたのは、『旅行券』です。商品ページの最後に追加されていますので、必要な時には、そちらをご活用ください」

「ありがとうございます。あとでしっかりと確認しますね」

「それがよろしいかと。それと明日、また伺いますので」

「明日ですか？」

「はい。それでは失礼します」

ペルソナさんを乗せた馬車が走り出し、そしてス〜ッと消えていく。

本当に、不思議な馬車です。

さて、新しく追加された旅行券とは、一体なんなのでしょうか。

◇　◇　◇

宿場町ヤーギリで大量の食材やら着替えやらを購入した柚月ルカは、その日のうちに魔法の箒に乗って王都へと帰還した。

電波も中継基地もないこの異世界ではスマホによる連絡など行うことができないため、次に現代の商品を補充するためには、またクリスティナ・フェイールを探さなくてはならないのだが。

すでに彼女の持つ魔力の波長は覚えたので、探知系魔法で方角さえわかれば、すぐにでも向かうことができる。

そんな余裕をかましつつ、柚月は翌日には王城の勇者の塔まで辿り着くことができた。

——ヒュウウウッ。

眼下では勇者仲間の紀伊國屋《きのくにや》たちが特訓をしていたので、柚月はその近くにゆっくりと着地する。

「ちーっす。柚月ルカ、今戻ったし」

なんの悪気もなく告げる柚月に、三人の男は呆れた顔をして見せる。

「無事に戻ってこれたのなら、何よりです。それで、私たちの世界の商品を取り扱うという商人には会うことができましたか？」

「う〜ん。卸問屋には会えなかったけど、仲介業者？　には会って話したよ」

柚月が元サラリーマンで現【聖者《せいじゃ》】である紀伊國屋将吾《しょうご》の問いかけに答えていると、もう一人の男が近くにやってきた。

【勇者《ゆうしゃ》】の緒方達也《おがたたつや》だ。彼は元ヤクザの鉄砲玉でもある。

「実は、柚月が出かけた翌日に、アーレスト商会の馬車が到着してな。食料品や家電製品を除くものなら、ある程度は納品されたんだ。欲しいものがあったら、そこの管理人に話してもらうといいってよ」

緒方がグイッと親指で示した先には、倉庫の入り口をしっかりと見張っている二人の騎士の姿がある。

そこが入荷した商品を収めているところであり、必要なものがあったら、倉庫の近くに建てられた小さな事務室に申請することになっている。

「ふぅん。ちょっと見てくるし」

「待て待て。先に聞かせてほしいんだが。柚月が会った仲介業者ってよ。銃弾とか扱っているのか？」

「知らないし。そもそも、日本国内で買えるものじゃないと無理じゃない？」

「銃弾や拳銃なら、裏のルートでいくらでも買えたが？」

それは緒方の世界の話であって、一般人には無理だと紀伊國屋は突っ込みたくて仕方なかった。

まあ、下手なツッコミは不要と思い、そのまま放置しているのだが。

緒方が不満そうに引き下がると、今度はぽっちゃり体形の男が柚月に話しかけた。ゲームオタクで現在の【大賢者《だいけんじゃ》】でもある、武田邦彦《たけだくにひこ》だ。

「ル、ルカさぁぁぁぁぁん。スマホのバッテリーってありましたか？　あと、ピザは？　コーラも欲しいんですけど」

「ん～、んんん？」

ふと、柚月はクリスティナと一緒に見ていたシャーリィの魔導書を思い出す。

型録は月ごとにさまざまな特集が組み込まれているらしく、常に用意されている商品以外は定期的に入れ替わっていると教えられた。

だが、不思議なことにスマホのアダプターなどは見た記憶がない。

ピザは『全国各地の名産品お取り寄せ』にはなかったが、定番商品の欄に『パーティ用の冷凍食品』として取り扱われていた。

クリスティナ曰《いわ》く、『電子レンジでチンがわからないので』ということで買ったことはないそうだが、確かにあった。

「あ～、ピザ、あったし。でも取り寄せないとならないから、すぐに仕入れることは不可能じゃね」

「そ、それじゃあコーラも？」

「コーラ？　これ？」

――シュッ。

柚月が【アイテムボックス】から、キンキンに冷えたコーラを一缶、取り出して手渡す。すると武田は涙を流しそうになりながら、それを受け取って飲み始める。

「グビッグビッ……ぷは～。おかわり」

「あとは、あーしの分だし。自前で買ってきたんだから、ただであげるわけないし」

「金なら払うから、頼むから売ってください」

「それは構わないけど。でも、あーしの分が減るから、少しだけだし」

すぐさま現金払いでお金を受け取ると、柚月は【アイテムボックス】からコーラを一箱取り出し、武田に手渡す。

それを受け取った武田は、大切なものを取り扱うかのように丁寧に自分の【アイテムボックス】に収めた。

「参考までに教えてほしいのですが、その商品はいつでも入手可能なのですか？」

「えーっと、秘密」

紀伊國屋の問いかけに対して、柚月は自分の口元に指を立ててそう答える。

「「何故？」」

クリスティナとの約束なので、彼女が直接、異世界のものを取り寄せていることは内緒である。

「まあ、欲しいのがあったら、アーレスト商会のおじさんに頼んだらいいと思うし。時間はかかるけど、確実に手に入るし」

「そのアーレスト家で問題が起きたのですよ。実はですね……」

紀伊國屋が、先日の騒動について説明する。

アーレスト侯爵とその義父にあたる公爵の二人が、魔族の使役する闇の精霊に支配されていたこと。

そして国王までも支配し、この国を裏から牛耳《ぎゅうじ》ろうとしていたこと。

もし、精霊の加護を持つクリスティナが勇者の家系に受け継がれる祝福《ギフト》を覚醒させたならば、すべての精霊は彼女の支配下に入る。

それを阻止するために、アーレスト侯爵を操りクリスティナを家から追放。

女一人の旅の最中に始末しようというのが、魔族の計画だったらしい。

「……ということを、僕が闇の精霊から聞き出しました。ですから、急いでクリスさんを保護する必要があるんです」

武田の言葉に、紀伊國屋は頷いて続ける。

「そして、アーレスト一家については、今の時点では自宅に軟禁状態。近いうちに、私たちが直接赴《おもむ》いて、家族に闇の精霊が憑依していないかを確認しなくてはなりません」

そこまでの説明を聞いて、柚月は腕を組んで考える。

「でもさ〜。クリスっちには、最強の護衛がついているからなぁ。大丈夫だと思うし」

「最強の護衛？　なんじゃそりゃ？」

「あーしの【鑑定眼】で見ちゃった。初代勇者の護衛精霊。エセリアルナイトの二人が、あの子の護衛をしているし」

エセリアルナイトと聞いて、理解したのは武田のみ。

大賢者の叡智《えいち》を持つ武田は、その柚月の話を聞いてホッ、と胸を撫で下ろした。

「まあ、それなら安全でしょう。それで、これからどうしますか？」

「俺としては、銃弾がないのは、きついなぁ。まあ、闇の精霊云々《うんぬん》は武田の管轄だし、アーレスト家のことは国王の管轄。俺たちは頼まれた仕事をするだけだ」

「まあ、この機会に緒方さんも、剣の取り扱いを覚えるべきですね」

「面倒臭いんだよなぁ……」

以前のようなピリピリとした緊張感は、今の勇者たちには感じられない。

クリスティナが届けさせた商品は、勇者たちの心にゆとりをもたらしている。

それがいいか悪いかはわからないが、柚月もまた、自分たちの世界に帰れる日が来ることを信じて、紀伊國屋たちに混ざって特訓を再開することにした。


一方、王都の離宮・園遊会会場にて。

その日。

離宮では、年に一度の園遊会が催されていた。

国内の各領地を治める貴族や騎士爵を持つ者は、王宮から届けられた招待状を手に、この会場に集まっている。

貴族にとっての社交場であり、主君を持たない騎士にとっては仕える主人を見つける場所。

この機会を逃すものかと集まった貴族たちも、情報交換に熱が入る。

功績をあげた冒険者でも、騎士爵を受けた者は参加してよいことにはなっているものの、普段からこのような場に出ることがない彼らは、壁際で静かに食事を楽しんでいる。

だが。

この日の園遊会は、いつもとは一味も二味も違う。

――ザワザワザワッ。

会場に入ってきたシャトレーゼ伯爵と夫人。

その二人が姿を現した時、あちこちの貴族夫人や令嬢たちは、うっとりとした表情でため息をついた。

「これはこれは、シャトレーゼ夫人。本日も素敵なドレスでいらっしゃいますわね」

「それに、そ、その、胸元のネックレスはなんですの？　黒い真珠なんて見たことも聞いたこともありませんわ」

「これは私の主人が、とある商人に頼み込んでどうにか手に入れましてね。それをプレゼントしてくれましたの。それはもう珍しいものだそうで、金に糸目をつけないという感じでね」

この国で海があるのは、港町サライとその周辺のみ。

だが、真珠貝が採れるという話は聞かれず、もっぱら沖合のミュラーゼン諸島を中心とした連合王国からの輸入品がせいぜいである。

なおかつ、そこの特産品の中でも、黒真珠などは聞いたことがない。

周囲を大勢の婦人たちに囲まれて、シャトレーゼ夫人は鼻高々であったが。

――ザワッ。

さらに大きく会場の空気が揺れた。

「ラボリュート辺境伯様ですわ」

「……あの異国風のドレス、シャトレーゼ夫人と同じような」

「あ。あのネックレス、まさかラボリュート辺境伯も黒真珠を？　一体どこで手に入れたのかしら？」

ざわめきが起こる中、シャトレーゼ伯爵夫人とラボリュート女辺境伯が対峙《たいじ》する。

「あら、これはシャトレーゼ夫人……あなたもですの？」

「はい。ですが、私のはラボリュート夫人のものよりも小粒でして」

「いえいえ、そんなことはありませんわ。さあ、こちらでゆっくりとお話ししませんか？」

そのまま別のテーブルに移動する二人の婦人。

そしてその権勢《けんせい》に少しでもあやかりたいという貴族や、黒真珠の入手先を知りたい婦人や令嬢も、二人の後についていく。

「……」

そして、その光景を、王妃は沈黙を保ったまま眺めている。

彼女がチラリと横に座っている夫である国王を見ると、国王は額から流れてくる汗を拭《ぬぐ》いつつ、王妃が言いたいことについての弁明を始めた。

「そもそもだ。黒真珠とはミュラーゼン連合王国でも秘匿《ひとく》されている国宝だ。年に一つ採れるか採れないか、それもすべて王家が買い取っているという話しか聞いたことがない。対魔族連合会議の場などでも噂にしか聞くことができず、実物など戴冠式の時の王冠にしか飾られていないのだぞ」

「では、あれは偽物であると？　我が国の伯爵夫人や辺境伯をも騙《だま》せるほどの贋作《がんさく》であると？」

ゆっくりと口を開く王妃。

そして国王は、近くに助け舟を出してくれる者がいないか必死に視線をうろつかせる。

もしもここにアーレスト侯爵がいたならば、彼に助けを求めようと考えていた。

だが、彼は闇の精霊の憑依からは助けられたものの、その術式の反動で意識がまだ戻っていない。

ちなみに、勇者関係の物品の納品についても、今後は異国の商人と取引しているクリスティナ・フェイールを通さなくてはならない。だが、その彼女が王都に入ることができず、話し合いを行うことすらできないという。

「はぁ。そんなに簡単に手に入るものではない。それこそ、例の異国の商人に頼み込むしかあるまい」

「では、その方に爵位を授け、王家との取引を持ちかければよろしいのでは？　此度《こたび》の件では、オズワルド公爵の罪は大きいでしょう。また、操られていたとはいえ、アーレスト侯爵もまた、それ相応の罰が与えられてしかるべき……」

王妃の言葉が、国王の頭の中を巡る。

大賢者・武田からの報告では、オズワルド公爵は魔族領の四天王と綿密なつながりを持ち、国王を操り自らがこの国を支配しようとさえ考えていたという。だが、交流の中で本人も気付かぬうちに闇の精霊を憑依させられ、半ばあちら側の操り人形になったそうだ。

勇者の言葉ゆえ信頼性は高く、それを疑うわけにもいかない。

最悪なのは、オズワルド公爵邸を調べようと騎士団を派遣したところ、家宰や侍女の大半が消息を断ってしまっていたという事実だ。

そして、あちこちの書架が空《から》になっており、裏庭には何かを燃やした形跡が残っていた。恐らく公爵家に保管されていた魔導書などが処分されたのだろう。

この時点で、オズワルド公爵家が魔族と繋がりを持っていたことは揺るぎないだろうと断定された。長年、ハーバリオス王国を陰で支えていたオズワルド家は、ここで、王国に対する裏切りという形で絶えてしまった。

「この園遊会の終了後、オズワルドを処刑。アーレスト侯爵もまた、操られていたとはいえ、無罪判決は不可能……王都を追放するのが妥当か」

腹は決まった。

その上で、この園遊会を楽しめるほど、国王は気楽ではない。

この場は王妃に任せ、国王は静かに席を立った。

巷《ちまた》では、園遊会でとある伯爵夫人たちが身につけていた『黒真珠のネックレス』が話題になっている。

ここ最近の王都に流れる噂は、今まで見たこともない異世界の衣服やアクセサリーについてに偏りつつある。


曰く、勇者召喚の折に、勇者様がもたらした。

曰く、勇者と共に、異世界の商人が召喚された。

曰く、初代勇者様が残した遺跡が発見され、そこにあった。


さまざまな憶測の中、話題の中心でもある勇者たちは日夜、訓練に励んでいる。

勇者たちが初陣を迎える時は近い。

東方にあるメメント大森林、その奥にある聖域を魔族が狙い、軍を動かしている。

それを治めるべく、勇者たちも聖域へと送り出されるのだ。

その勇者たちが飲食しているもの、身につけているものが、ここ最近になって王都に持ち込まれたという噂がある。

ハーバリオス王国十大商会は、その商品の出どころを探るべく、子飼いの冒険者や闇ギルドに調査を依頼しているらしいのだが、未《いま》だ、その手がかりを得たという話は流れてこない。

そんな王都の、とある酒場二階。

タバコと酒と、阿片《あへん》と女。

そんな匂いが充満している部屋の中で、アーレスト侯爵家の次男、オストールは目の前に座っている女性を睨みつけている。

彼女こそ、このハーバリオス王国の暗部を支配する闇ギルドの幹部の一人。

そんな相手を前に、オストールはゆっくりと口を開いた。

「クリスティンの行方はわかったのか？」

「ラボリュート領から隣国に向かおうとしたのは確実よ。そして、その彼女をラボリュート辺境伯が拉致し、隷属しようとしたところまでは調べてあるわ」

「なんだと！　俺の目の前に連れてくるんじゃなかったのか？」

クリスティナを拉致《らち》し、オストールの目の前に連れてくる。そうすれば、自分の犯した罪をすべてクリスティナがやったこととして、自らの手で断罪することができる。

そう考えていたオストールであるが、父と祖父が闇の精霊に支配されていたことが発覚してからは、自らがアーレスト家を継ぐことができると錯覚。

今は逆に、クリスティナを自分の味方につけることで、兄であるグランドリを出し抜いて後継者になろうと画策している。

そして夜半、家の者が寝静まった時にこっそりと屋敷を抜け出し、この裏ギルドのアジトの一つにやってきたのである。

「勘違いしないでくださる？　私たちよりも先に、ラボリュート辺境伯が彼女を捕らえていたのよ。そして私たちが辺境伯から受けた依頼は、とある女性の隷属処理《れいぞくしょり》。その相手のことなんて、私たちが知るはずないじゃない」

「そ、それなら、隷属させられたクリスティナを攫《さら》ってこい。むしろ、その方が都合がいい」

「それがねぇ。隷属する前に逃げられちゃったのよ。その後の足取りなんて知らないし、調査契約期間は完了したのでね。残念だけど、任務失敗なので、こちらはお返しするわ」

——ジャラッ。

オストールの目の前に、金貨袋が放り投げられる。

「必要経費だけはもらったわ。それじゃあね」

「く、くそっ。役に立たないやつらだな」

「勘違いしないでほしいわね。そんな端金《はしたがね》で、ここまで協力してあげたのよ。まあ、お陰様で、あなたの探しているターゲットについて、色々な情報も手に入ったことだし」

「情報だと？　それはなんだ？」

「教えるわけないじゃない。情報料っていうものがあるのよ？」

ニヤニヤと笑う幹部に、オストールが目の前の金貨袋を手にして投げつける。それを受け取って机の上に置くと、幹部は指を二つ立てて見せる。

「彼女の秘密、彼女の居場所。どっちが欲しいかしら？」

「……居場所だ」

「そうね。私の部下が、ラボリュートから出ていった姿を見たらしいわよ。まあ、そこからどこに向かうかなんて知らないけれど、王都に出入りすることができない以上、南部をうろうろするしかないいんじゃゃないかしら？」

「具体的な場所は？　それぐらいは教えてくれても構わないんじゃないか？」

そのオストールの問いかけに、幹部は肩をすくめて見せる。

「さぁ？　この金額程度なら無理じゃない？」

「クリスティナの居所は掴んでいるのか？」

「その程度なら……当然、掴んでいるわよ。でもね、それは教えられないのよ。うちのお偉いさんから、クリスティナについての調査、暗殺依頼は受けるなって厳命されたの」

そんな話は聞いていない。

オストールにとっては、クリスティナがどこにいるのか、それを知りたいだけなのである。

「いくらなら教える？」

「掴んでいる情報を教えるだけだからねぇ……この袋を、あと百個くらいかしら？」

一袋に金貨百枚、つまり、金貨一万枚を寄越せと幹部は話しているのだから、オストールとしても条件を呑《の》めるはずがない。

当然ながら、オストールはそんな大金を持ち合わせてもいないし、都合をつけることなどできない。

――ギィッ。

扉がゆっくりと開く。

つまり、もう帰れという合図。

それをチラリと見て、オストールは立ち上がる。

「また来る」

「次は正規の支払いでね。それじゃあ、お気をつけて」

幹部は手をひらひらと振り、オストールを見送る。

そして彼が部屋から出ていくと、壁際に立っている男にチラリと目配せをする。

「やつの動向を監視して。長老連からは、クリスティナ・フェイールへの手出しは禁じられているけど、あのボンボンが暴走する可能性があるからね」

「了解です。ですが、もうアーレスト家は取り潰しという噂も聞きますが。魔族に操られていたとか……」

「ええ。魔族はクリスティナを狙っている。その煽《あお》りを受けて、オズワルド家とアーレスト家は取り潰される可能性が大きい……長老連は、何を企《たくら》んでいるのかしら？」

「俺にはわかりませんね。では」

頷いて男が出ていく。

それを見送ってから、幹部は次の面会の相手を呼ぶように告げた。

◇　◇　◇

ペルソナさんからの納品を済ませた翌朝。

開店準備のために、フェイール商店までやってきたのはいいのですが、重大な問題に直面しました。

「あ〜、姐さん、店の看板がないんだが」

うっ。ブランシュさんから耳の痛い指摘が。

「そうなのですよ！　店の名前はフェイール商店で構わないのですけど、店の前の看板と袖看板《サイン》の用意をしていませんでした」

「今から鍛冶屋に向かって、袖看板だけでも作ってもらうか？」

「ううう、そんな余裕もないですよ」

看板は入り口の上につける大きなもの、袖看板は壁から張り出して見せる小看板のようなものです。

通りを歩いてきたお客さんにアピールするためのものなのですが、これがないと素通りされる可能性だってあります。

「それじゃあ開店を明日以降にするしかないなぁ」

「はぁ……そうなりますわね」

これは残念。

そう考えていた時。

――ギィィィィッ。

「失礼します。型録通販のシャーリィです」

「あ、あれ？　ペルソナさん？」

まさかの登場ですけど、何があったのでしょうか？

「今日はどうしたのですか？　納品は昨日終わらせていただきましたし、追加発注や即日発送はペルソナさんのお仕事ではありませんよね？」

いいえ、そういえば昨日『明日、また伺います』と言っていたような……

「ええ。今日はシャーリィより、開店祝いをお持ちしました。昨日の帰り、ちらっと見たのですが、これは用意されていませんでしたから」

そう告げながら、ペルソナさんは脇に抱えている何かを見せてくれました。

「うわぁ……これは、すごいですわね」

「鉄製の袖看板です。これは開店祝いですので、どうぞ使ってください」

「あ、ありがとうございます！」

「やるなペルソナ。随分と気前がいいんじゃないか？」

袖看板を受け取ってブランシュさんに手渡すと、早速外にある飾り柱に設置してくれました。

でも、看板のマークがドレスをあしらったデザインなのは、どうしてでしょうか？

「あはは。まあ、納品率の高いものが衣類でしたので。もしもご希望がありましたら、別のデザインもご用意しますよ？」

「いえいえ、これで十分です。ありがとうございます」

「それでは。またのご利用をお待ちしています」

そう告げて、ペルソナさんは帰っていきました。

さあ、表看板はまだですが、これでどうにか間に合いますよ。

フェイール商店、本日開店です！

◇　◇　◇

フェイール商店が開店した。

老舗商店が軒を並べる中央街区での出店は、このビーショックでは無謀《むぼう》な挑戦とも言われている。

商業ギルドに対して強い発言力を持つ老舗、それでいて権力を振るうことなく顧客サービスを第一とする店が立ち並ぶここでは、利益を追求する新参商店など風に吹かれて崩れる藁の家のごとし。一月《ひとつき》もすると店がなくなっている、などということも珍しくない。

利益よりも義を重んじ、そして親身な客対応を心掛けるのなら、藁の家も木造の家に変わっていく。

そんな中、フェイール商店も最初の一週間は物見遊山《ものみゆさん》でやってきた冷やかし程度の客しかいなかったのだが、一人、また一人と常連になり、現在は賑わい始めていた。

ちなみに近隣の商店の覚えもめでたく、新参だからといって排他的に扱ってくる店はない。

むしろ、ここで長く続いてほしいと見守っている店舗が大半であった。

フェイール商店の表向きの看板は雑貨店。

異国風の衣装もあれば、冒険者に必要な道具もある。

ハンガーラックのような見たことのない日用品もあれば、木製の丁寧な作りの食器や銀製のナイフやフォークもある。

近くの食肉加工店から仕入れた保存食もあれば、異国の缶詰《かんづめ》なる保存食もある。

そして、その店の一角には、見たことのないものが並んでいる。

夕方になると、子どもたちが家事手伝いや仕事で稼《かせ》いだ小銭《こぜに》を持って、そのコーナーに集まっているのは、なかなか不思議《ふしぎ》な光景であろう。

◇　◇　◇

「んんん、クリスねーちゃん、これは何等？」

アラビア数字で35と書かれた紙を見せて、男の子が聞いてきました。うん、やっぱり勇者言語で書かれた数字は読めないですよね。

「35番なので、こちらですよ、はい！」

35番の景品を取って手渡します。

小さな球なのですが、これがまた、今子どもたちの間で流行《はや》っているのですよ。

「うわ、小さい！　あの大きくてピカピカ光ってるやつは当たるの？」

「当然です。あの一等のスーパーボールもちゃんと入っていますよ。でも、小さいのも格好いいと思いますよ」

「クリスお姉ちゃん、飴《あめ》をくださいな」

「紐を引くやつ？　それとも練るやつ？」

「練るやつをください！」

数日前までの暇だった時間もなんのその。

急遽《きゅうきょ》、型録通販のシャーリィから入荷した商品のおかげで子どもたちが集まり始め、そして大人の方も顔を出してくれるようになりました。

『期間限定、懐《なつ》かしの縁日グッズ』というページがありましたので、そこを読んでみたのですよ。すると、クジとかラムネ、イカ焼き、たこ焼き、綿飴など、見たことも聞いたこともないものがたくさんありまして。

写真という鮮明な風景画の中に、楽しそうな子どもたちの姿が描かれていましたので、これだと買い込んでしまいました。

その結果が、この状態です。

私が子どもにつきっきりになった時は、ブランシュさんが代わりに接客対応してくれるので助かっています。

まあ、ブランシュさん曰く、『子どもは苦手だ』そうで。

子どもたちがやってくる時間は自然と分担することにしています。

「そういえば、フェイールさんはフェスティバルには出ないの？」

「へ？　フードフェスティバルのこと？」

飴を抱えた子が楽しそうに聞いてきますけど、私は料理人でありませんし、すでに予選は終わり、明日から決勝が始まるそうですから。

「うん、うちの料理長さんも決勝だって、話していたんだよ」

「うーん。見に行きたいですけど、さすがに参加は考えたこともありませんし。それに、明日で終わりですよ？　私が参加したら、ここはお休みになりますよ？」

「「「え～！」」」

はい、子どもたち全員から否定的な声をもらいました。

そもそも、フードフェスティバルで作る方に興味はありません。食べることについては興味津々ですけど、私、料理は苦手ですから。

「ということなので、普通にお店にいますからね」

「はーい！」

——カラーンカラーン。

そして、夕方六つの鐘が鳴ります。

これが鳴ると、子どもたちのための駄菓子屋コーナーは終わりです。

いつのまにかブランシュさんもノワールさんに交代していますし、子どもたちも皆、手を振りながら帰っていきます。

「クリスティナ様は、本当に子どもが好きですね」

「う〜ん。妹か弟がいたら、あんな感じなんだろうなぁって思いますからね。さて、あとは片付けを始めますか」

夕方六つの鐘は、大抵のお店が閉まる時間。

このあとも営業しているのは宿屋か酒場、繁華街のお店。

そして、そこにお酒や食料を卸している店ぐらいでしょう。

——ギィイッ。

突然、お店の入り口が開きました。

「いらっしゃいませ」

「こちらはフェイール商店で間違いはないですよね？」

恰幅《かっぷく》のいい男性が、護衛を伴ってやってきたようです。

服装や装飾品などから、貴族であることは間違いありませんね。

そしてノワールさんが、少し警戒しているように見受けられます。

「はい。私がこの店の責任者のクリスティナ・フェイールですが。何かお探しのものがおありですか？」

「異国の調味料を探している。あと、練り飴というのをもらおうか。在庫すべてだ」

「生憎、フードフェスティバルの期間中は、異国の調味料は販売していません。また、練り飴は一人につき三つと制限していますので」

食べすぎると虫歯というのになるそうですし、そもそも全部売ってしまいますと、明日やってくる子どもたちの分がなくなってしまいます。

「ふむ。君は私が何者なのかわかっていないのか。私はこのオーウェン領の行政補佐を務めているコスカー・ライネンという。ちなみに男爵位を拝命している」

「それはそれは。ですが、フェイール商店のルールを曲げることはできません」

キッパリとお伝えします。

まあ、懇意《こんい》にしてくれる商人さんや事情を説明してくれるお客さんにならなら、多少は多めに融通することはありますけど。

今回のように爵位まで持ち出してきて、堂々と寄越せという方にはお売りすることはありませんので。

「な、なんだと」

「おい小娘。ライネン様に対してその口の利《き》き方《かた》はなんだ？」

「不敬罪で投獄しても構わないんだぞ」

さて。

貴族法に記されている不敬罪を思い出しましょう。

この罪は、高位貴族に対しての不敬を行った場合に適応されるはず。

国主たる国王及び王族、それに連なる貴族に対してや、国教の聖地、聖域において名誉や尊厳を害する行為、言動を故意に行った者は『不敬』とするというものです。

男爵は貴族ですけど、国王及び王族に連なる者ではありません。

不敬罪を振りかざせる貴族は、『王族の血に繋がる者と婚姻を結んだ貴族家当主』です。そして王族と血縁関係にある者には、必ず侯爵位以上の爵位が与えられています。

はい、男爵には関係がありません。

まあ、名誉や尊厳を害する行為があった場合は、また別の罪があるはずですけど。

「ライネン様。貴族法はご存じですか？」

「それぐらいは当然だ。貴族たる者、貴族法を学ぶのは常識だからな」

「では、貴族法二十四条二項、不敬罪の適応について。これはご存じでしょうか？」

「待て。何故庶民ごときが貴族法を知っている？　それは爵位を持つ貴族もしくは王都の学院生以外は学べないはずだが」

まあ、自宅で本を読んで学んだだけなんですけどね。

「学ぶ機会がありましたので」

こう告げると、ライネン男爵が考え始めます。

頭の中で貴族法を思い出しているのかも知れません。

「どこで学んだ？」

「自宅の書庫です。貴族院発行の貴族法典がありました」

「そうか、わかった。ではこれで失礼する。帰るぞ」

「は、はい！」

そのままライネン男爵は帰っていきました。

とりあえず、ホッと胸を撫で下ろします。

相手が貴族でよかったと思いますわ。

これが力任せな暴漢なら、ノワールさんの出番だったかもしれませんから。

「なかなかよい対応かと。恐らくはライネン男爵の口伝《くちづ》てに、フェイール商店の店主が貴族の関係者であったという噂も流れるでしょう」

「いえ、それは困るのですけど。元貴族なだけですし、間違ったことを話していないだけですから」

「ええ。クリスティナ様は間違っていません。勝手に誤解した男爵が悪いのです」

あ〜。ノワールさんが悪い顔をしてクスクス笑っています。

まあ、少なくとも男爵はもう無茶なことはしてこないでしょう。

でも、また一波乱来そうですわね。

第四章　真のプロフェッショナル決定戦？

オーウェン領領都、ビーショックで行われたフードフェスティバル。

ハーバリオス王国内では、王都王城の宮廷料理人選抜の儀と並ぶ、料理人にとって最高峰の大会。

今年のフードフェスティバルを制したのは、オーウェン領でレストランを経営しているガルド・リッツモンド。

まだ弱冠《じゃっかん》二十歳の彼が優勝したのは、その裏に彼のパトロンである財政管理官のミルファ・マクリラ女男爵の援助があったからと噂されている。

事実、課題となった料理が発表された時にも、彼以外の料理人の動揺は激しかったものの、彼は涼しげな顔で、まるでその料理を作るために用意したかのような材料を次々と並べていた。

食材を確保するところからが料理人の腕。

それを実証するかのように、彼は最高の食材と最高の調味料を揃えていた。

他の参加者が等級の低い食材しか用意できなかったのは、そのメニューに必要な素材が、フードフェスティバルが始まってから次々と買い占められたため。

だが、大会委員会や審査員には、そんなことは関係ない。

決められた課題をこなし、審査員を満足させられる料理が作れるかどうか。

食材を手に入れる手段も、それを購入する予算も、すべては料理人の実力。持てる力をすべて発揮するのが、料理人である。

当然ながら貴族のバックアップがついている者は強く、多少腕が悪くとも素材と調味料で決勝トーナメントまで残ることができた料理人も少なくはない。

そんな大会だから、当然、金持ち、貴族が勝つ。

これは仕方がないことなのだが、審査員や委員会はその辺りも十分に承知している。

腕がいいが、素材で負けた料理人には王都の食堂やレストランを紹介したりすることもある。

だが、世の中には、このような大会に興味がなく、野《の》に埋《う》もれた料理人も数多く存在していた。

◇　◇　◇

「はぁ。どうしてこんなことに」

フードフェスティバルが終わった翌日。

大会運営委員会の方から、我が家の料理を食べたいというご連絡がありまして。

元々は、今回の大会に食材提供をしていたアーレスト商会を通じて、我が家で簡単な晩餐会を開いたのが始まりです。

家宰のマッハさんのたっての願いであり、料理長のアレンさんも料理の腕を磨く機会だからと乗り気でした。

それに私も、『全国各地の名産品お取り寄せ』というページの商品に興味津々で、毎日のように色々な料理に舌鼓を打っていたのです。

そんな日が続いていたのですから、委員会から審査員の方々に話が流れるのは当然。

大会前日にも我が家で食事をとっていましたわ。

それでですね、折角ですから慰労会《いろうかい》も兼ねてと、我が家で立食パーティーを行うことになりました。

本日は大会上位の三名の料理人を招待し、後日、フェスティバル最終日にはガーデンパーティーのように大勢の方をお招きしましょうと言われましたが、そちらは謹《つつし》んでお断り。

我が家はレストランではありませんので。

そして本日、慰労会も始まり楽しいパーティーになったのですが。

「わからん……隠し味も、素材も、そもそも、こんな食べ物は食べたことがない」

「甘い、それでいて冷たい……ふわふわした食感、でも、この周りのもちもちとした皮はなんだ？

これを作った料理人を呼べ！」

「負けた……俺、三位なのに、絶対に勝てない……」

料理が並べられているテーブルの周りで、大会優勝者、および二位と三位の料理人が真っ青な顔で叫んでいます。ある男性が、意地悪そうな笑みで三人に語りかけました。

「どうかな？　君たち三人は確かにフードフェスティバルを制した料理人だ。だが、上には上がいる。もしも今回の大会で、この料理を作った人物が参加していたら、君たちは勝てたかな？」

「い、いや……それは……」

「か、勝てる……これは食材の味を生かした料理だ、同じ食材があれば、俺が負けるはずがない」

「無理、こんなものを食べてしまったら、俺の料理なんて底が見えて……」

ガルド・リッツモンドさん以外は意気消沈、そしてガルドさんはやる気十分。今すぐにも勝負をしたそうでウズウズしています。

「では、後日、フェイール家専属料理人とガルド・リッツモンドの一対一の料理対決をしようではないか！」

「あ、あなたはリチャード・オーウェン伯爵！」

突然、高貴な身なりの男性が割り込んできました。

大会運営委員会の最高責任者、このオーウェン領の領主です。

慰労会なので当然参加していましたよ、ええ。

ついさっきまでは、私のところで奥方に贈《おく》りたい装飾品のことで相談していたのですよ。

「双方、共に問題はないな！」

「はい」

「クリスティナ様、よろしいので？」

ガルドさんはやる気十分なのですが、アレンさんはやる気がないようです。勝負とかそういうのが嫌いで、私のところでのんびりとしたくて移ってきたのですから。

「う～ん。オーウェン伯爵が仕切ってますから、断れませんよね。まあ、いつものように楽しく料理すればよろしいのでは」

「そうですね。では、こちらも異存はありません」

「では、勝負は三日後！　お題は三日後の朝、公開する。その日のうちに食材その他をすべて用意し、夕方六つの鐘の音が鳴るまでに仕上げること」

ほほう、半日勝負で、お題に合わせて食材も集めると。

そして夕方六つの鐘が終了合図、審査に入ると。

これはなかなか、ガルドさんにもヘヴィな条件です。

課題が朝にならないとわからず、そこから食材を探し集めるのはかなり困難。

ものによっては用意できないかもしれません。

「では、私もアレンさんのバックアップに入るとしましょう。必要なものがありましたら、私になんでも言ってくださいね」

「かしこまりました」

アレンさんも少しやる気が出たようで。

まあ、私としてはアレンさんのおいしい料理が毎日食べられるので、現状でも十分満足していますが……

勝負するからには負けられません！

◇ ◇ ◇

――三日後、ビーショック中央広場にて。

フードフェスティバルが終了し、街の中を彩っていた飾り付けは撤去され、普段と変わらない日々が始まっていた。

そんな中、領都中央にある広場の掲示板に、大きな看板が掲げられた。

『告
本日、この中央広場にて、フードフェスティバル優勝者であるガルド・リッツモンドとフェイール家料理人のアレン・ロブションによる料理対決を行う。
この告知が公開されてから夕刻六つの鐘が鳴るまでに、以下のメニューを仕上げること。

・勇者が認めた【勇者丼】
・聖女が涙した【幻の菓子】
・大賢者が喉を鳴らす【黄金色の飲み物】

以上』

これを見た領民たちは、我先にと中央広場に作られた特設会場に向かう。

周りには露店も並んでいるので、そこで食事をとりつつ、審査が始まる時間まで暇を潰すのだろう。

そして、この課題を見たガルドとアレンは、渋い顔をしながら一旦、その場を離れていった。

◇　◇　◇

「勇者丼はまだわかります。お米も酢もありますし、自分用に取っておいた新鮮な魚もあります。問題なのは、聖女様が涙した【幻の菓子】と、大賢者が喉を鳴らす【黄金の飲み物】ですわ」

私は急いで屋敷に戻り、勇者関係の資料を探しました。

でも、この屋敷は元々は別荘。

本家の書架になら資料はあるはずなのですけど、ここにはありません。

「困りましたね。私の所有する書物には、そのようなものは何も書いてありません」

「そうなりますと、伝承の中で語り継がれている物語から、ヒントを得ないとなりませんか」

向かいの席で、アレンさんも手持ちの資料やレシピから何かを探し出そうとしています。

けれど、何もわかりません。

ええ、本当に何も。

「……姐さん、そんなに難しいことなのか？」

「ブランシュさん、さすがにここでは勇者様に関する資料が手に入りません。ただ条件は同じ、今頃はガルドさんも頭を抱えているかと思いますが……」

そう告げると、ブランシュさんがふぅんと言いながら、課題の記されている羊皮紙を見ます。

「勇者丼はわかりやすいな。でも、マグロなんてあるのか？」

「マグロ？」

「ああ。初代勇者が最も好んだ勇者丼は、マグロの鉄火丼《てっかどん》だ。シンプルイズベストだって喜んでいたな。仲間たちはいろんな刺身がのっているものが好きだったから、海鮮丼が流行ったらしいけど」

淡々と説明するブランシュさん。

その話に、私たちは呆然としました。

「あ、あの、今の話は聞いたことがあります。私が一番最初に勤めていた調理場で、総料理長が話していました」

さらにアレンさんも思い出してくださったようです！

これはどういうことなのですか？

「ぶ、ブランシュさんは、ここに書いてあるものがわかるのですか？」

「わかるも何も、一緒に食っていたことがあるが？　俺が勇者と共にいたエセリアルナイトなのを忘れたのか？」

はい、すっかり忘れていました。

私の護衛で、頼もしいユニコーン。それがブランシュさんなのでしたわ。

「残りの二品はなんですか？」

「【黄金の飲み物】なら、二つに一つ。これはまあ、置いておくとして。問題なのは、聖女の涙した菓子だな。あれには世界樹の近くにしか生えないとある木の実が必要でな」

こ、これは勝機が見えたり消えたりしています。

果たして、私たちに勝利の女神は微笑むのでしょうか。

制限時間、残り八時間。

フードフェスティバルで優勝したガルド・リッツモンドさんと、フェイール家の料理人のアレンさん。

とうとう、この二人の料理対決の火蓋《ひぶた》が切られました。

領主様からのお題は三つ、どれも勇者絡みのものなのですよ。

それで、アレンさんと私、ブランシュさんで頭を悩ませていたのですが、ここで我が家の切り札であるブランシュさんの爆弾宣言。

そうしてブランシュさんからヒントを教えてもらい、アレンさんが調理台の前で何やら準備を始めたのです。

「アレンさん、何かわかったのですか？」

「【黄金の飲み物】については、それらしいものは作れそうです……そういえば、勇者丼の素材はクリスティナ様がお持ちなのですよね？」

その言葉に対しては、【アイテムボックス】からマグロという魚を一本、取り出して見せてあげましょう。

——ドサッ。

「これがマグロです。まあ、本当の名前は別のものらしいのですけど、港町サライで購入したものですから、間違いはありません」

「ありがとうございます。では、こちらの仕込みは終わったので、このまま鍋はコンロに掛けて弱火でコトコトと……その後で、マグロの処理をしましょうか」

大量の素材が入った鍋を、魔導《まどう》コンロの上に置きましたよ。

そして弱火でコトコト煮込み始めたのですけれど……って、蓋と鍋のすき間を、小麦粉を練ったもので塞いでいますよ？

「あの、アレンさん？　それは何かのおまじないですか？」

「いえいえ。こうすることで、内部に旨味を蓄《たくわ》えつつ、スープが蒸発するのを防ぐそうです。これは王宮に勤めていた時代に、料理長から教わりました」

「なるほど。由緒正しいレシピなのですね」

どうやら飲み物については、アレンさんに任せて問題ないようで。今はマグロの解体を開始しつつ、鉄火丼に使える部位を選《え》り分《わ》けているようです。

ちなみに、マグロって生のままだと『一本』なのですけれど、四つに下ろすと『丁《ちょう》』って数えるそうです。

それをぶつ切りにすると『コロ』、さらに刺身用のサイズに切り分けたものは『冊《さく》』って呼ぶそうです。

これは、サライでおかみさんに教えてもらったのですよ。

そんなことを話していると、マグロの解体も終わりました。

「これ以上は直前になるまで切りわけられないので、お嬢様の【アイテムボックス】で預かっていただけますか？」

「はい。ではマグロはお預かりします。そちらの鍋は？」

「これはギリギリまで煮込まないとなりませんから。それよりも問題なのは、二品目の聖女が涙した【幻の菓子】ですよ。ブランシュさん、心当たりがあるのですよね？」

アレンさんがブランシュさんに問いかけたのですが、肝心のブランシュさんの姿が見えません。

「あれ？　ブランシュさん？」

「おう、姐さん呼んだか？」

私が呼びかけると、ブランシュさんが壁の向こうからひょこっと顔を見せました。

両手に抱えきれなくなりそうな素材を、倉庫から持ってきたようです。

はて、ブランシュさんは何を作るのですか？

「それは？」

「いや、【幻の菓子】の材料について思い出そうとしたんだが。どれも違うんだよなぁ」

「違うのですか？」

「ああ。俺が知っている素材は、こんな感じの木の実の中に入っていて……」

手で形を表していますけど、楕円形で、両端が細くなった木の実ですか。この街の市場では見かけませんでしたわね。

世界樹の近くにある、つまりエルフの里で育てられているらしいですけれど、そんなものありましたかねぇ。

「中には白い実が入っていて、それを腐《くさ》らせてから……あと、なんだったかなあ」

「いきなり腐らせるのですか！　食べ物ですよね？」

「いやいや、普通に食べるための加工の一種らしいんだ。エルフの里では薬のように飲むもので、代々エルフの里にしか伝えられていなかったんだ。それを勇者が見出して、研究に研究を重ねて作ったのが、【幻の菓子】ってわけだ」

聖女が涙した【幻の菓子】。

ん？　ちょっと待ってください？

聖女様が涙したっていうことは、それは、勇者様の世界の菓子なのではないですか？

エルフの里では当たり前の木の実、でも勇者様たちには懐かしい味。

だから、聖女様は涙を流したのですよ。

「そ、そこまでわかっているのでしたら、ひょっとしたら私の【アイテムボックス】の中にあるかもしれません。ちょっと調べてみましょう」

「それは本当ですか？」

アレンさんも食い気味に問いかけてきます。

でも、私も自信があるわけではありませんよ？

可能性として、これかなぁというものがあったのです。

問題は、あれは完成している菓子なので、アレンさんが作ったということにはならないのですよ。

「……これだと思うのですけれど」

私が【アイテムボックス】から取り出したものは、皆さんご存じのアイスクリーム。

これを一から作るとなりますと、食材を集める必要がありまして。

残念なことに、型録通販のシャーリィでは、完成したものは売っているのですけれど、それを作るための素材は売っていないのです。

だから、一から研究しなくてはならないのですよ。

「これは……冷たくて甘くて、フワッと溶ける菓子ですか。乳と……この香り付けはエルフの里のプラナフォという香草の種を乾燥させたものでしたか……あとは……」

やばいです、アレンさんが本気の顔になりました。

これ以上ここにいては邪魔をしてしまいそうなので、私たちは早急に撤退しましょう。

アレンさん、頑張ってください。

◇　◇　◇

——カラーンカラーン……

夕方六つの鐘が鳴り響く。

領都中央広場の特設会場には大勢の観客が集まり、料理対決が始まるのを今か今かと待ち望んでいる。

「さて。本日のお題は、この三つ。一流の料理人を目指すものならば、誰しもがぶつかる超難題。勇者料理を制するものは、オーウェンを制する……今回のお題は、勇者料理三番勝負！」

――グワァァァァァァン。

銅鑼《どら》の音が鳴り響き、二人の料理人がステージに姿を現す。

そしてステージ上では、五人の審査員が席について待機している。

「それでは第一の課題。勇者が認めた【勇者丼】、それを出してもらいましょう！」

その宣言と同時に、二人の料理人は最後の仕上げのために左右の特設キッチンに移動する。

そこで仕上げたものを同時に審査員たちのもとに提出したのだが。

「まず、フードフェスティバル優勝者が用意したのは、ご存じの勇者丼。さまざまな刺身がふんだんに盛り付けられている、見た目もゴージャスな逸品です」

司会の言葉に、ガルドも勝《か》ち誇《ほこ》った顔。

「これだけの食材を用意するのは苦労しました。運よく、サライからやってきた商人がいましたので、彼から購入させてもらいました。なお、生魚は無理だったのですが、釣りたての川魚で代用しました」

「なるほど。見たところ十種類ほどの海鮮が盛り込まれていますね。川魚は海鮮と呼んでよいのかという疑問もありますが」

この言葉に一部審査員も苦笑するが、ガルドはその程度では顔色一つ変えない。

「対するはフェイール家お抱え料理人のアレン。これはまた、勇者丼というには真っ赤過ぎる色合いですなぁ」

アレンが出したのはマグロの鉄火丼。

ガルドはそれを一瞥《いちべつ》して一言。

「おやおや。フェイール商店といえば、ここ最近メキメキと頭角を表した商人が経営しているはずですが。やはり、私のように色とりどりの魚を用意できなかったようで！」

勝ち誇ったガルドに対して、アレンは静かに返した。

「ガルド殿は、勇者語録をご存じかな？」

「ええ。それが何か？」

「では、この勝負は私の勝ちのようです」

「……負け犬の遠吠えには早いのでは。では、実食をお願いします！」

ガルドが叫ぶと同時に、審査員たちはまずアレンの鉄火丼を食べ始める。

一口、また一口。

次の料理が待っているので、少しだけ食べて審査する予定であったが、気がつくと丼の半分を食べてしまっている。

「ふむ、しっかりと歴史を学んだようだ」

審査員の一人、オーウェン伯爵が絶賛。

そして他の審査員たちも納得するように頷いている。

「それでは、私の勇者丼をどうぞ！」

オーバーアクションで勇者丼を勧《すす》めるガルドだが、誰も手をつけることはない。

「な、何故ですか？　どうして食べないのですか？　新鮮な刺身ですからご安心ください」

「この勝負はアレンの勝ちとする！」

審査員全員一致で、アレンの札が並ぶ。

これにはガルドも納得がいかない。

一口も食べられずに、いきなり敗北したのだ。

「納得がいきません！　まだ私の勇者丼には一口も手をつけていないではないですか！」

「勇者語録に、こういう言葉があるのはご存じか？」

「かつて、勇者はこう語ったそうだ。『川魚は生で食べるな。寄生虫に腹を食い破られる』とな。その禁を破り、新鮮な川魚を使うとは何事か！」

ガルドはぐっと顔を歪《ゆが》め、反論した。

「ですが、歴史書によると、勇者丼は新鮮な海鮮を彩りよくふんだんに使ったものとされています。たった一種類しか使っていないアレンが勝ちというのは早急すぎませんか？」

「いや。彩りよく盛り付けられた丼は、聖女様や大賢者様が要望なさったもの。勇者様はたった一つ、マグロのみの海鮮丼、すなわち鉄火丼をこよなく愛した。これも、勇者語録に記されている！」

――グワァァァァアン。

高らかに銅鑼が鳴る。

「一品目の勝者はアレン！　休憩を挟んで二品目の勝負となります。お二人は準備をどうぞ」

その司会の言葉に、二人はキッチンへと向かう。

ガルドはキッチンへと向かうアレンを睨みつけ、拳《こぶし》を強く握りしめていた。

「こ、この、流れの料理人風情が……」

ボソリと呟くその言葉は、彼以外の誰にも聞こえていなかった。

◇　◇　◇

フードフェスティバル優勝者のガルドさんと、我が家の料理長アレンさんのフードフェスティバル延長戦、まず一回戦はアレンさんの勝ちになりました。

これにはガルドさん陣営も審査員たちに食ってかかっていきましたが、領主様の裁定に文句など言い続けられるわけもなく。

そもそも、勇者丼は海鮮丼なのに、何故、川魚を使ったのか理解できません。

川魚は寄生虫がいることがあります。迂闊に食べると腹の中を食い破られるため、口をつけないという審査員たちの全員一致の意見。これはガルドさんも、どうすることもできません。

「それでは、二品目を提出してください！」

司会の透き通るような声が会場全体に響きます。

風の精霊の魔法で、音を大きくして遠くまで運べるそうで。

会場が割れんばかりの拍手を送り、その声援に応えるようにガルドさんとアレンさんが二品目を審査員さんたちのもとに届けました。

「まずはアレン氏の料理から！」

審査員の前に並べられたのは、冷たいアイスクリームです。

これを再現するために、朝イチで絞《しぼ》った牛の乳とか、産みたてのコケッコウのたまごとか、とにかく鮮度がよいものを集めてきました。

そして、審査員たちがまずはスプーンで一口。

初めて見る方もいらっしゃるようで、恐る恐るスプーンでアイスクリームを掬《すく》って、口の中へ。

あの冷たさが口の中に広がり、そしてゆっくりと溶けていくのは、食べた者にしかわからない至高の味わいですよね。

でも、ガルドさんたちは勝ち誇った顔です。

「アレン氏に質問です。この料理が聖女が涙した【幻の菓子】だという理由は？」

「はい、初代聖女様は異世界からやってきた女性。そのため、母国の菓子をこよなく求めていたという話が書き記されていたのを覚えています。わずかな文献から、このアイスクリームに辿り着くのは苦労しました」

うん、なかなか饒舌《じょうぜつ》です。

発見と言いますか、思い出したのはブランシュさんなのですけど。

そのブランシュさんはと言いますと、審査員たちの様子を窺っていますが、どこか顔が険しそうです。

「ブランシュさん、何か心配事でも？」

「いや、聖女が涙した……ってやつ、黒い何かがあったような気がふとしたんだが」

「黒い何かですか？」

そう問いかけた時、会場がにわかに活気づきました。

「続きまして、ガルド氏の料理です！」

司会の声と同時に、勝ち誇った顔でガルドさんが料理を運んできました。

でも、その奇妙なデザートに、私も驚きを隠せません。

口広の器に盛られた果物。

その横には……アイスクリーム？　え、まさかガルドさんもアイスクリームの開発に成功していたのですか。

しかも、先ほどブランシュさんが話していた黒いソースがかかっています。

これは、今回は負けたかもしれませんわね。

「姐さん？　負けそうだっていうのに嬉しそうじゃないか」

「ええ。だって、私しか取り寄せられなかったアイスクリームを、アレンさんとガルドさんが再現してくれたのですよ？　嬉しいに決まっているじゃないですか」

「商人としては、それじゃあまずいと思うんだが」

ええ、ブランシュさんの仰る通りです。

でも、アイスクリームの再現性という点では、本物には敵《かな》いません。

私がいつも型録通販で購入しているメーカーの商品、これを超えるものができるまでは、まだまだです。

そんなことをブランシュさんと話していますと。

「この聖女が涙したという【幻の菓子】ですが、実は王都にいる勇者に問い合わせたものです」

ガルドさんの爆弾宣言。

まさか、通信用魔導具で柚月さんたちに問い合わせるとは、予想外ですよ。それで、黒いソースについてもわかったのでしょう。

「この黒いソースはなんでしょうか？」

「チョコレートソースというものです。エルフの里で薬として飲用されているチョコレートを煮詰めて、ソースに使いました。甘さだけではなくほろ苦さも表現してあります」

「こ、これは素晴らしい！」

「まさに聖女が故郷を思い出して涙したというデザートにふさわしい！」

審査員も満場一致です。

これは、してやられましたわ。

そうですよ、さっき話していた黒いソース。

チョコレートソースで間違いはありません。

何故思い当たらなかったんでしょうか……

まさか、エルフの村に伝わるオカオ豆から作り出す薬湯を煮詰めたものまで用意できるとは。

あれは、異世界ではチョコレートとか呼ばれているものに近いらしくてですね、審査員によると聖女様もあれを発見してからは虜になってしまったそうです。

私も、期間限定カタログで紹介されていた『日本の名店のお取り寄せシリーズ』で、ディバゴという職人さんの手作りチョコレートというのを購入して食べた時は、本当に驚いたものです。

ちなみにその商品につきましてはもう在庫はなく、次の期間限定型録が届くのを待っているところです。

板チョコとかいうのはありますけど、柚月さんが来た時のために取ってあります。

でも、チョコレートを作るには時間が必要なのですけど……ソースとしてあらかじめ作られていたものを用意していたのでしょうね。

「二回戦勝者、ガルド！」

——ワァァァァァァァ！

会場内に歓声が上がります。

これで勝負は一対一。

いよいよ、次の勝負で終わり。

雌雄《しゆう》を決する時が来ました。

「それでは、三回戦の準備をお願いします」

司会の言葉で、両者共にステージから降り、キッチンへと戻っていきます。

次の課題は、大賢者が喉を鳴らす【黄金色の飲み物】です。

これにつきましては、私やブランシュさんは何もわかりませんでした。

でも、アレンさんはしばらく何か考えた後、すぐに準備を始めていたのです。その集大成があの鍋の中に入っているというのが、実に気になるところです。

ステージギリギリの場所で鍋を火にかけていますけど。

――スゥウゥッ。

何でしょう？　途轍《とてつ》もなくいい香りがしてきました。

その臭いの発生源を辿ると、アレンさんの目の前の鍋に行き着きます。

これは、一体どういうことなのでしょうか。

片やガルドさん陣営は、最後の課題は飲み物と判断したらしく、琥珀色《こはくいろ》に輝くエールを準備しています。

それに合った料理として、少し塩っ辛そうな魚のフライを付け合わせに準備しているところは、ずるいと思いますよね。

「……ガルド陣営はエールを用意したのか。しかも、あの付け合わせは川魚のフライと芋を揚げたもの……まさしく初代大賢者が愛した『フィッシュアンドチップス』に間違いない！」

私の横で涎《よだれ》を垂らしつつ、ノワールさんが説明してくれています。

あれ？　ブランシュさんは帰ったのですか？

「ノワールさん、ブランシュさんは帰ったのですか？　でもそういえば、鐘が鳴り終わったのに交代していませんでしたね」

「クリスティナ様。ブランシュは先ほど強制退場させました。私たちがこちらの世界で実体化できる時間はおおよそ十二時間。今までは鐘の音に合わせて昼間と夜を交互に担当していましたけれど、その気になれば昼間に二人とも実体化を解除し、夜に二人ということもできるのです」

「なるほど。それで、ブランシュさんが先ほどまで実体化していた理由は、なんだったのでしょうか？」

いつもなら夕方六つの鐘の音と同時に帰還するはずなのに。

「恐らくは、あのフィッシュアンドチップスが目当てだったのでしょう。あのお題を見た時点で、これが出てくることぐらいは予想していたのかもしれません。まあ、居座りすぎなので私が強制的に交代しましたが」

「なるほど、さすがは食いしん坊のブランシュさんです……と、始まりました」

まずは先攻のガルドさんの料理が、審査員の皆さんのもとに運ばれていきます。

魔法で冷やしたエール、揚げたて熱々のフィッシュアンドチップス。これは反則ギリギリではないですか？

それにしても、気温が上がってきたのか、暑いですね。

もう日が沈み始めたというのに、どうしてこんなに暑苦しいのでしょうか。

「ほう、これはまさしく初代大賢者が愛したフィッシュアンドチップス。では、まずはエールから」

　領主様の説明から始まり、審査員たちがエールを飲みます。

　一口、そしてまた一口。

　――ゴクッゴクッ。

　喉から聞こえる音。

　風の精霊さん、そんな音まで拡声しなくてもいいのに。

「ングッ……ぷは～！　これはすごい、こんなにうまいエールを飲んだのは久しぶりだ」

「苦味と甘味がマッチングして、さらにこれを飲んだ後で食べるフライのおいしいこと！」

「フライを食べた後に飲むと、口の中の脂《あぶら》っぽさもサーッと消えていく。まさに、大賢者が愛したエール！」

　お、おおう。

　審査員たちも大絶賛！

　これは負けたかもしれません。

「……ははぁ、なるほど。そういう手で来ましたか」

「え、ノワールさん、何かわかったのですか？」

「ええ。まあ、この勝負は、負けはなくなった……そんなところですわね」

ふむ、いきなりの勝利宣言……ではありませんか。負けがなくなっただけ。それがなんなのかわかりませんけれど、次はアレンさんの出番です。

キッチンでは、アレンさんがスープ皿を用意しています。

この暑さの中では、熱々のスープは不利ではないでしょうか？

そんな私の不安を察したのか、アレンさんは私の方を見てニコリと微笑みました。

「それでは続いてアレンさん、料理をお願いします」

「はい」

――カチャッ。

鍋の蓋を開いて、そこからスープを掬い出します。

――フワッ。

おお、凄くいい香りが漂ってきました。

「せっかくエールでスッキリしたところに、熱いスープとは……」

「汗が引いたのに、また汗まみれになっちゃう」

「なんで熱いスープを用意したのや……ら？」

審査員の前にスープが並べられます。

すると、たった今まで文句たらたらだった審査員たちの言葉が途切れました。

そしてゆっくりとスプーンを手に取ると。

「ま、まあ、審査だからな」

「そうね。厳正な審査をする必要がありますから」

何か言い訳をしながら飲み始める審査員。

そして、領主様は一口、また一口をスープを飲み進め……

――ゴクッゴクッ。

「ぷはぁぁぁぁぁ、なるほど、そう来たか」

一気に飲み干しました。

それに釣られるように、他の審査員もスープを飲み干すと、まるでおかわりを欲している子どものように、傍《そば》で待機しているアレンさんをチラチラと見ています。

「審査結果が出てから、おかわりをご用意します。この会場にいる皆さんの分は用意してありますよ」

「そ、そうか、では早速、結果を出そうじゃないか！」

嬉しそうに領主様が告げると、審査員同士で話し合いが始まりました。そして十分も経たないうちに、全員が戻ってきます。

「まず、ガルドさんがエールを出した理由について、説明をお願いしたい」

「はい。大賢者様は、生まれ故郷の味を求めていたという逸話があります。その中に、フィッシュアンドチップスなる料理があるとの話を読んだことがありまして。それに合うものはすなわちエール、ということで、このオーウェン領の醸造所《じょうぞうしょ》にお願いをして、今年一番のエールをご用意しました」

なるほど。

そこまで調べているとは。

「では、アレンさん、この熱々のスープを作った理由は？」

「大賢者様の生まれ故郷のスープ。それを求めていた大賢者様は、さまざまな動植物の素材を取り寄せては煮込み、その味を追求したという逸話があります。彼の生まれ故郷のフランスという土地、そこの料理でさまざまな材料を煮込んだスープというものがあったと自叙伝に記されていました」

ふむふむ。

さすがはアレンさん。

そのような知識をどこで学んだのか、お聞きしたいところです。

「よろしい。では、第三試合はアレンの勝ち、よって二勝一敗でアレンの勝ちとする！」

――ウワァァァァァァ！

歓声が広場全体に響きます。

アレンさんも胸元に手を当てて軽く一礼。決して嬉しさを全面に出さない彼なりの、挨拶なのでしょう。

——バン！

すると、ガルドさんが帽子を脱いで地面に叩きつけました。

「納得がいきません。今日のこの気温なら、冷たいエールが選ばれるのではないですか！」

そう叫ぶガルドさんですけど。

「確かに、今日は暑いな……この時期のオーウェン領は、山間から涼しい風が吹き抜けてくるのに……まるで、この広場を結界で包み込み、炎《ほのお》の精霊《せいれい》が熱風を吹き付けたようじゃないか？」

そう言いながら、領主様がガルドさんを睨み付けます。

「な、何故、そのことを！」

あ、ガルドさん、語るに落ちたようで。

その言葉と同時に、ステージの前に縛り上げられた魔法使いが蹴り飛ばされてきました。

「ガルドさんすまねぇ、全部話しちまった」

ローブを着ている男性が、涙目で呟いています。

それを見て、ガルドさんは拳を握って震えているじゃないですか。

「し、しらん、貴様など知らん！」

「まあ、そんなことをしなくても、ガルドは第三試合は敗北確定だったがな」

領主様の言葉に、ガルドさんが顔を真っ赤にして反論します。

「何故なのですか、あのフィッシュアンドチップスの素材は厳選したものです。そこのポッと出の料理人の作ったスープごときに、負けるはずがありません」

「確かに……このフィッシュアンドチップスは出来がいい。だが、このエールはどのように作った？」

「私は料理人です。エールの醸造許可は持っていませんので、取り寄せたのですが？」

あ、ルール違反。

お題の料理は、自分で作らなくてはなりません。

「第三試合のお題は、大賢者が喉を鳴らす【黄金色の飲み物】だが？　フィッシュアンドチップスは飲み物なのか？」

「いえ、それは……」

「会場の温度を上げ、暑さの中でエールを飲んでもらい、フィッシュアンドチップスを食べてもらう。もしもお題が飲み物ではなく、『酒に合う料理』ならば、ガルドの勝ちだったな……」

——ガクッ。

その場に膝から崩れ落ちるガルドさん。

卑怯《ひきょう》なことをしてもしなくても、課題をクリアしていないので敗北確定だったのですか。

「まあ、アレンのスープも完全勝利ではない。これは少しだけ濁《にご》っている。黄金色というからには、透き通っている必要があるからな。今後も精進するように！」

領主様の声で、アレンさんが再度頭を下げます。

そして観客たちがアレンさんとガルドさんのキッチンに殺到しました。

勝敗は決まり、ここからは二人の料理を食べたい観客をもてなすようです。

「ではノワールさん、私たちもお手伝いに向かいましょうか」

「はい、クリスティナ様の仰せのままに」

そのまま日が暮れても、二人のキッチンは大盛況。

こうしてフードフェスティバルの延長戦は幕を閉じました。


フードフェスティバルも終わり、しばらくするとオーウェン領に冷たい風が吹き始めます。

季節はこれから冬、北西部に巨大な山脈があるオーウェン領は、毎年冬になると豪雪に悩まされているそうで。

北東から王都へ抜ける道が閉ざされている現在、主要街道の突き当たりに位置するオーウェン領には、冬場に旅人がやってくるのはごく稀《まれ》であり、大抵は川向こうのヤーギリで引き返してしまうとか。

そのため、冬場にオーウェン領ビーショックを訪れる商人も稀であり、日用品などの備蓄のために人々はあちこちの店を駆けずり回り、備蓄可能な油や調味料などを大量に購入しています。

そんなある日。

「さて。私はもうすぐ、旅に出ます」

フードフェスティバルの後始末も無事に終わりましたので、そろそろ私は個人商隊《トレーダー》として旅に出ようかと思います。

そのため、晩御飯の後で食堂に集まっている皆さんにそう告げたのですが、どうにも反対されそうな雰囲気が……

「まあ、冬場にここに留まるよりも、他の街を巡りながら個人商隊《トレーダー》として商売をしている方がよいでしょう」

家宰のマッハさんは、私の言葉に頷いています。

それに、料理長のアレンさんやメイドのアリスも同意しているようでして。

おや、私は反対されるのではないかと考えていたのですが。

「あの、反対はしないのですか？」

「ええ。旦那様も若い時は、同じように冬場は南方の暖かい地方で商《あきな》いをしていましたから。ですから、それほど驚くことはありませんが……こちらのお店はどうするのですか？」

「そう、そこなのですよ！」

私のフェイール雑貨店は、最近はそこそこに忙しいのです。

まあ、子どもたちの社交場という噂も流れるほどに、子どもが駄菓子を求めてやってきますし、たまに販売しているアイスクリームやチョコレート、そして異国のドレスなどを求めて、女性客もいらっしゃるようになりましたから。

でも、閉めるとなると皆さんの期待を裏切ることになってしまいます。

「倉庫に商品を備蓄していただけるのなら、アーレスト商会から人材を派遣しますが。まあ、賃金は支払ってもらいますけれど」

「やっぱり、そうなりますよね……」

マッハさんの信頼できる方を派遣してもらい、店番をお願いするという方向になりそうです。

子ども付き合いのいい方を派遣してもらうこと、一日に販売する商品の数を制限することなど、細かいルールを打ち合わせし、次の納品時には倉庫を埋め尽くすだけの商品を備蓄することにしました。

そして、今回の発注では、ついにあれを購入することにしたのですよ。

旅行券！

これはですね、あらかじめ行き先が決まっている旅そのものを購入するそうで。

それを手に取って魔力を込めるとですね、表示されている場所に転移することができるそうです。

転移ってご存じですか？　初代勇者様が使っていた魔法でして、望む場所に一瞬で移動することができるそうです。

この旅行券にも、そのような効果があるそうでして、一度で使い捨てになってしまうのですが、表示されている場所にならどこにでも行けるのです。

王都から追放されている私は、ハーバリオス王国北部の街には行くことができません。

南部と北部を繋ぐ街道は王都を経由しなくてはならないため、王都に入ることができない私は北に向かえないのです。

しかし、この旅行券があれば、北部の各領地にも向かうことができます。

そしてなんと！

この旅行券の行き先には、私の知らない名前があるのですよ。

勇者文字で『熱海』とか『蔵王』とか、わからない地名が書き記されています。

熱海……熱い海、南国なのでしょうか？　それよりも蔵王ですよ、蔵王。蔵の王、恐らくは商人として財を成した方の国に向かうのかと思われます。

写真の風景から察しますに、異世界に行けるそうなのですが。

残念なことに、異世界にいられる期間は決まっているそうで、その時間が経過すると強制的に帰ってきてしまうようです。

旅行期間の欄に記されている三泊五日とか、五泊七日というのが、滞在時間のようでして。

「異世界についてはまた今度で。ええっと、南方となりますと港町サライですわね。そこへ向かうための旅行券と、あとはオーウェン領に戻ってくるための旅行券、あとはメルカバリーへ向かう分も少し買っておきましょう」

緊急時には役立ちそうなので、少し余分に買っておくことにしました。

なお、各領地の領都へ向かう旅行券はあるのですが、何故か王都へ向かうための旅行券については『購入制限により購入不可』という表示が出ていました、残念。

そんなこんなで、大量の注文を終了。

納品まではのんびりと、フェイール雑貨店について、派遣されてくる方に説明することにしましょう。

「お待たせしました、型録通販のシャーリィです。ご注文の品をお届けに参りました」

そして二日後、つまり今日。

ペルソナさんが納品にやってきました。

「しかし、今回はまた、とんでもない量の納品なのですが。何か大きなイベントでもありましたか？」

「いえいえ、イベントというわけではありません。私はまた、個人商隊《トレーダー》として旅立ちます。それまでの間、こちらの店の商品を切らすと困るお客さんもいらっしゃいますから、備蓄をと思いまして」

ペルソナさんにそう説明すると、気のせいか目を細めて笑われたような気がします。

まあ、目元は仮面で見えませんけど、ここ最近はその向こうのペルソナさんの感情といいますか、雰囲気を感じ取れるようになってきました。

「そうですね。では、まずは【アイテムボックス】に商品を収納してください。ブランシュさんも、お手伝いをお願いします」

「へーい。そんじゃ、早速始めますか」

ペルソナさんとブランシュさん、二人掛かりで馬車から荷物を下ろしています。

私は必死に検品を行い【アイテムボックス】に収めまして、いつもの倍、一時間後にようやくすべての商品の納品が完了しました。

「では、最後はこちらです」

そう告げながら、ペルソナさんが小さな封筒を手渡してくれます。

「これは？」

「こちらが旅行券です。【アイテムボックス】に収めておいてください。こちらは、魔力を込めることができる方ならどなたでも使えますので、しっかりと管理をお願いします」

「はい。いつもありがとうございます」

旅行券は素養のある方なら、どなたでも使えるのですか。

確かにこれはちゃんと管理をしないとなりませんね。

「こちらは、新しい期間限定型録です。それから、通年商品も一部取り扱いが変更になったり、新たに追加されたりしたものがございますので、お時間のある時にでもご確認ください」

「はい」

「それでは、またのご利用をお待ちしています」

丁寧な挨拶。

そしてにっこりと笑いながらペルソナさんは帰っていきました。

「さて、ブランシュさん。お手伝いをお願いします！」

「了解。とっとと引き継ぎも終わらせて、早いところ旅に出ようぜ」

「そうですね。明日には出発することにしましょう」

ちょうど納品が終わるタイミングで、派遣の店員さんもやってきました。

それでは、三人でとっとと終わらせることにしましょう。

◇　◇　◇

――港町サライ。

ハーバリオス王国の南の玄関口であり、沿岸諸国および海向こうのミュラーゼン連合王国からやってくる船舶により、常に諸外国の商人や旅人などで賑わっている。

季節は秋、海産物がおいしくなる時期であり、港はにわかに活気づいている。

そんな中、一種異様な一団がサライを訪れている。

王都を出発した勇者の部隊が、東方のメメント大森林に向かうために駐在していたのである。

正規ルートを通ると襲撃の危険があるため、海路でメメント大森林南方の港町に向かい、そこから山を越えて北上し聖域へと向かう。

聖域に駐留している部隊からの報告では、ここ最近はカースドラゴンと呼ばれているドラゴン種が出没するようになったため、勇者たちにドラゴン討伐をお願いしたいということであった。

幸いなことに、紀伊國屋たち勇者の訓練期間も終わり、実戦経験を積む必要があるので、まずはメメント大森林南方から、戦闘を繰り返しつつ、聖域へ向かうようにと国王からの指示が出た。

そして騎士団長ライザー・チャリスを筆頭とした勇者たちの部隊が組まれ、王都から旅立ったのである。

「……港だぁぁぁぁ！」

「帆船もありますし、ガレー船もありますか。ふむ、あの船のタイプは我々の世界でいうガレオン船でしょうね。確か十六世紀末から西欧で運用されていた船でして……」

久しぶりの海を見て感動している緒方とは対照的に、ゲームオタクの武田が饒舌になっている。

「武田さんは、船舶には詳しいのですか？」

「ええ、オンラインゲームで興味を持ちまして。それでですね、あのタイプは日本のサン・ファン・バウティスタ号と同型でして、沿岸航海にはかなり有用な帆船なんですよ！」

「へぇ。私たちはこれから船に乗って移動となりますからね。何か用意しておいたらいいものとか、心構えなどはありますか？」

「そうですね……」

淡々と説明をしている武田と、丁寧にメモを取る紀伊國屋。

そして緒方が帆船を眺めて感動に打ち震えている中、柚月ルカは周囲を見渡してから、ある宿屋を指さした。

「武田っち！　あそこが勇者丼発祥の店だし！」

「おおお、紀伊國屋さん、緒方さん、まずは腹拵《はらごしら》えをしましょう」

「俺も賛成。腹が減っては戦ができぬって言うからさ」

「と言うことで、いざ鎌倉！　たーのもー！」

あっさりと話し合いが終わり、柚月が店の入り口を開いて入る。

ちょうど正午、観光客や商人たちで店内はごった返している。

「勇者丼を四つ、お願いするし」

「はい、四人様ね、そっちの席へどうぞ」

女将さんに案内されて四人は席につく。

そして、出来立ての勇者丼に舌鼓を打ちながら、今後のスケジュールについての打ち合わせを始めた。

◇　◇　◇

オーウェン領、領都ビーショック。

その中央街区の商店街に、私の店である『フェイール雑貨店』があります。

フードフェスティバルも終わり、それを見に来ていた観光客なども落ち着きを見せた頃、初雪がチラチラと降りはじめました。

「さて、それでは私は、南方に向かいます。もしもアーレスト侯爵から連絡がありましたら、南方のギルド経由でお願いしますと伝えてください」

私が留守の間、フェイール雑貨店を手伝ってくれる家宰のマッハさんと、アーレスト商会から派遣してもらったレッドさん、ノインさんの三人に挨拶をします。

「かしこまりました」

「万が一在庫がなくなりましたら、ギルド経由で伝言をしてもらえばいいのですね？」

「はい。ここからですと商業ギルドの通信用魔導具で……メルカバリー経由でサライに送られるはずです。まあ、手数料が高くつきますので、緊急時以外は控えてもらえると助かります」

冒険者ギルド経由の方がまだ安く済むそうなのですが、そちらは爵位を持った貴族しか使えません。

ですので、割高になりますが、商業ギルドの遠話の魔導具で連絡を取ってもらうことにします。そうすれば、在庫が足りなくなった時に配達先指定で送ることもできますし、旅行券で戻ることもできますから。

「わかりました。それでは、お気をつけて」

「はい！　留守をよろしくお願いします」

一礼してから店を出て。

すぐに旅行券を使ったら、大騒ぎになることはわかっています。

ですから街の外までは徒歩で向かい、そこから先はしばらくの間、散歩程度に街道を進みます。

「姐さん、自宅で旅行券を使った方がよくなかったか？」

「ダメですよ、アリスもアレンさんもいるのですよ？　戻った後で消息不明なんてことになったら大騒ぎになります。これは人知れず、こっそりと使うべきです」

「まあ、それならそれで構わないけどさ。ビーショックから外って、しばらくは田園風景が広がっているのを忘れたとか言わないよな？」

はい、忘れてました。

来る時は馬車で移動してきたものですから、すっかり忘れていました。

「あ、あの、ブランシュさん。ユニコーンの姿で森まで移動するというのは？」

「まあ、周りで作業している農夫さんもいるからなぁ。目立つことはしたくないんだよな？」

ニヤニヤと笑いながら、ブランシュさんが呟いています。

こういう時の彼は、少し意地悪ですよね。

「わかりました。ワーカーリーマーシータ！」

こうなったら、私も意地です。

森まで歩こうではないですか！


森に到着して周りを見渡し。

誰もいないことを確認。

「では、旅行券を試しましょう」

「お、ようやくか。それじゃあ、よろしく」

【アイテムボックス】から港町サライに向かう旅行券を取り出し、一枚はブランシュさん、もう一枚は私が持って魔力を込めます。

すると、ゆっくりと周囲の風景が滲《にじ》んで見え始め、意識がスッと消えそうになりました。

そして目を凝らすと、以前やってきたサライの町役場前に立っていました。

「せ、成功ですよ！　ブランシュさん」

「ふむ、俺は同行者ではなくアイテム扱いだったから、ついてこれたわけか。すっかり忘れていた」

ブランシュさんが手に持った旅行券をひらひらさせています。

「あ、そ、そうでした！」

旅行券には人数制限があり、普通は一人しか使えません。

そのために二枚購入して、一枚をブランシュさんに渡したのですけど、どうやら消費されていないようです。

「ほら、これは今度来る時に使うといいさ」

「ありがとうございます……って、ここ、人目が多すぎますよね？　私たちが転移してきたのがバレたのでは？」

町役場の向かいは商業ギルド。

これは転移してきたことが見られたかと思いましたが、周りの人たちは驚くこともないようです。

「ペルソナの馬車のようなものだな。旅行券を使った場合、使用者には一定時間の認識阻害効果が発動するようだな」

「へ？　つまり、私がここに立っていても誰も驚かないので？」

「そういうこと。最初からそこにいたっていう認識になるんじゃないのか？」

「そうでしたか、うんうん、やはりシャーリィは心強いです」

――グウウウ。

あら？

これは赤面してしまいますわ。

安心したら、お腹が減ってきました。

「さて、姐さんや、ここらで腹ごなしといこうか？」

「ええ。折角ですから、あのお店で勇者丼を食べることにしましょう」

折しも時間は昼少し前。

急げばまだ席は空いています。

そう思って私が最初に泊まった宿に駆け込むと、カウンター席を二つ占拠して、勇者丼を二つ、注文しました。すると女将さんが笑顔で話しかけてくれます。

「おや？　フェイールさんじゃないか。この前はありがとうね、わざわざ店までお米とかを届けてくれて」

「いえいえ、アーレスト侯爵とお約束していたそうですので、急いで送らせていただきました。まだ在庫はありますか？」

「う～ん。少し心細いねぇ……また追加を頼めるかい？」

「はい。それでは商談は後ほどということで……」

話し合いは後回しにして、少しだけのんびりした時間を過ごしていますと、ようやく私たちの前に勇者丼が運ばれてきました。

ええ、これですよ本場の勇者丼！

アレンさんには申し訳ありませんが、やはり作り慣れた方の勇者丼は最高です。

ブランシュさんも横でガツガツと食べている最中ですので、私も一口……

——ガタッ。

「あ！　クリスっちがいるし！」

いきなり店の奥から、私を呼ぶ声。

クリスっちって呼ぶ人は一人しかいませんわ。

「あら、柚月さん、どうしてここに？」

「それはあーしも聞きたいし。クリスっちは商談？　無事にオーウェンに着いたの？」

「はい、まあ、積もる話は後にして、取り敢えず食事を楽しみましょう」

「そうだね。あーしたちは食べ終わったから、少しのんびりしているし」

柚月さんの他にも三人の男性が同席しています。

結構よい装備をつけているようですから、柚月さんの護衛なのかも知れませんね。

では、気を取り直して、いざ！　実食！

食後の長閑《のどか》な一時を堪能してから、私たちは場所を変えることにしました。

町の広場の一角、以前も露店を開いていた場所を契約してそこに移動し、絨毯を広げてその上での談話を楽しもうと思ったのですが。

「お、おい、この絨毯はナトリの絨毯だよな？　夏でも快適で抗菌効果のあるやつ。親父が愛用していたから知っている」

「ほう、緒方さんの親父さんは、なかなかいい趣味のようですね。と、お嬢さん、こちらの商品はどちらから購入されましたか？」

　メガネをつけた細身の男性が問いかけてきました。

　チラリと柚月さんを見ると、彼らの後ろで両手を合わせて頭を下げています。

「知り合いの商人からですが？　異国の商品を取り扱っていますので、その中からちょうどよい品を購入したのですが」

　そう私が説明すると、三人が一斉に柚月さんの方を見ます。

「ね、あーしの話した通りだし。皆に分けてあげたコーラとかも、クリスっちから売ってもらったもので、彼女も別の商人から仕入れたんだって」

「な、なるほど。それじゃあ、スマホのバッテリーはありますか？　もしくは太陽光発電パネルとか。あと、コーラとかピザとか！」

「私は久しぶりに漬物が食べたくなりましたよ。米はまあ、アーレスト商会から購入したものがまだありますけれど、さすがに漬物などはこちらの世界では手に入らないものでして」

　少しぽっちゃりした男性と、メガネをかけた方がそう問いかけてきますが。

今、型録を開くわけにはいきませんよね。

以前に柚月さんから話を聞いていた、仲間の勇者さんってこの方々なのでしょう。

「次の納品時に確認してみますね」

「そ、その納品っていつ？　勇者権限で早くならない？」

「料金を割増しすればなんとか……ですが、万が一にも在庫があったとしても、すぐにお渡しすることはできません」

鑑定眼でしっかり調べてからでなくてはいけませんしね。

その説明で、ぽっちゃりさんはその場に膝から崩れ落ち……って、座っていたのにわざわざ立ち上がって、崩れ直すのはどうかと思いますが。

「な、なあ、銃器って取り扱ってるか？　弾が足りなくてさ」

「そのような商品は聞いたこともありませんけれど、それはどのようなものなのですか？」

「俺たちの世界の武器なんだけど……」

はい、型録通販のシャーリィでは、武器のお取り扱いはしていません。

以前、冒険者さん相手に何か売れそうな武器を探したのですが、それらしいものはどこにもなかったのです。

既に確認済みなのですよ。

「誠に申し訳ありません。武器は取り扱ってないんです」

「そ、そうか……残弾数が三発しかないからなぁ……」

「緒方さん、それは絶対に使ってはいけませんよ。魔王を殺す唯一の武器なのですから」

「わかってるって……」

メガネの人に窘《たしな》められて、緒方さんという方は頭を掻いています。

「さあさあ、クリスっちも露店を開くんだし、邪魔しちゃダメだから行くよ！」

「そうですね。お嬢さん、不躾な質問ばかりで申し訳ございません。もしも、異国の商人さんと出会うことがありましたら、王都の勇者が会いたがっていたとお伝えください」

「バッテリー……うーん、バッテリー……」

「色々と無茶な話をして悪かったな！　それじゃあ」

そう告げて、四人は絨毯から立ち上がってから、どこかへ向かいました。

さて、商業ギルドの話では、明後日からは開港祭だそうです。

これは商人としての腕の見せどころですよね。

第五章　勇者との再会と、臨時従業員ゲットです

港町サライの商業ギルド。

そこの大会議室では、このサライに滞在する多くの商人が集まり、明後日に始まる祭りの緊急の打ち合わせが行われていた。

何故、このタイミングで？

集められた商人たちは怪訝《けげん》そうに会議に参加するが、最初の商業ギルド統括からの言葉で、すべてを理解した。

「集まってもらったのは他でもない。明後日の開港祭で行う、演奏会や演劇がすべて行えなくなった。また、大規模露店を行うはずの場所にも、まだ隊商《キャラバン》が到着していない」

「おいおい、あと二日だぞ？　間に合うのかよ？」

「何かあったのか？」

いくつも質問が飛び交う中、統括は両手を左右に広げて騒ぎを鎮《しず》める。

「海向こうのミュラーゼン連合王国の商人たちは到着しているが、彼らは別の場所で露店を開く。

問題なのは、中央広場の露店と舞台だ！　そこを担当するグラタン商会の隊商《キャラバン》が、峠のあたりで盗賊集団に襲われたらしく、積荷その他諸々を盗まれたらしい」

「待て待て、グラタン商会といえば、メメント大森林の向こう、自由貿易国家のトップ商会じゃないか？　当然、冒険者とかも雇っていたんだろう？」

まさかの事態に、何が起きたのかと情報を欲する商人たち。

メメント大森林の向こう、魔王領と隣接する自由貿易国家からやってくる商人は、このハーバリオスにさまざまな商品をもたらしてくれる。

彼らが使う行商街道は、魔族領の近くを通っているために危険が伴う。

そのためハーバリオス王国からあちらに向かう商人は存在しないほどだ。

だが、今回のようにサライに抜ける山越えの峠での襲撃は、普通に考えてありえないのである。

その峠がある山脈は霊峰《れいほう》と呼ばれ、その山頂付近には天翔族《てんしょうぞく》という翼を持った種族が住んでいる。

彼らの守る霊峰での盗賊行為など、まず不可能である。

「その冒険者が全滅した。生き残った商人の言葉から、盗賊は魔族関係者もしくは魔族の可能性がある。まあ、いずれにしても峠で襲われて荷物を奪われた時点で、開港祭には間に合わないという連絡が先ほど届いた」

「それじゃあ、どうするんだ？　まさか中央広場は野ざらしのまま、何もしないなんてことは無理だろう？」

「出し物も演劇もないなんて。開港祭を楽しみにしている旅人や商人、町の皆もいるんだぞ？」

責め立てるように統括に質問する商人たち。

だが、再び統括は両手を左右に広げて騒ぎを止めると、再度話を始める。

「ミュラーゼンの商人にも、中央広場の半分を割り当てる。残りは今、ここにいる商人たちで割り振ってもらい、何か策を出してくれると助かる。当然、今回の協力商会や店舗には、来年度の納税額の二パーセントを返金処理するが」

「二パーセントかぁ……なかなか、際どいところを提示してくれるな」

「うちは三パーセントなら乗る。どうだ？」

それまで乗り気でなかった商人たちも、納税額の軽減につながる提案を聞いて黙っているわけにはいかない。

そして、その会議室の奥、末席にはクリスティナ・フェイールの姿もあるわけで。

淡々と話を聞きながらも、彼女は計算を続けている。

「明日の午前中までに出し物を決定すれば、明日の夕方には納品されますから……間に合いますわね」

問題は、何を出すのか。

すでにほとんどの商人は協力することを統括に説明し、当日の場所の割り当てを決めている。

「さて。フェイールさんはどうする？　まだ割り当ては残っているが」

「はい！　当フェイール商店も参加させてもらいます。それで、割り当てはどのあたりになりますか？」

「そうだな。今、残っている場所となると、少し広場の外側の街道沿いになるな。ここなら、これだけの場所を割り当てられる」

統括が地図で示した場所は、普段のクリスティナの露店よりもかなり大きく、普段の面積の四倍。

勇者方式で計算するとおよそ三・六メートル×十四・五メートルと、とてつもない大きさになる。

「はい？　これって大きすぎませんか？」

「そこはほら、いつもの衣類担当の兄さんに頑張ってもらうとか、日雇いの店員を雇うとか……では、よろしく頼む。手続きは一階のカウンターで処理するから、そちらへ行ってくれ」

「はぁ……騙された感満載ですけれど、すべて使う必要もありませんし」

そう呟きつつ、クリスティナは一通りの手続きをして、露店の下見に向かうことにした。

◇　◇　◇

――サライ・中央広場。


開港祭の目玉の一つ、露店街。

ハーバリオス王国は元より、隣国や海外の商人たちも集まって開かれる、世界規模のバザール。

ですが、今回は商人の半分が参加不可能となりました。

現在、残った国内及び外国の商人によって、どうにか露店の場所は埋まり始めている状況です。

「……なあ、姐さん。これはどう考えても、場所が余るぞ？」

「そうですねぇ、余りますねぇ……ほら、ここに私が普段の雑貨店を開くとして。隣にはブランシュさんの衣料品店ができます」

そう説明しつつ、露店の場所に絨毯を敷いて歩きます。

でも、どうしても二枚分の場所が余ってしまうのです。

「やっぱ余るよなぁ。商業ギルドから、そのあたりの説明は？」

「残り二枚分を露店で埋めること。それが、来年度の減税条件だそうで、当日、商業ギルドの方が視察に来るそうです」

「なるほどなぁ。そうなると、無理してノワールに出てもらって、あと一枚分か。でも、それでは夜の護衛が足りなくなるからなぁ」

ブランシュさんと二人、頭を悩ませます。

しかしですね、そうそう人を雇うわけにもいきません。これは、型録通販のシャーリィの秘密にも関わってきますから。

「渋い顔してどうしたの？」

頭を悩ませているところに、柚月さんの登場ですか。

ん？

「救世主！」

「え、どこに救世主？」

思わず柚月さんの手をガシッと掴んでしまいました。

「柚月さんのことですよ。実はですね、相談に乗ってほしいことがありまして」

「相談？」

そのまま商業ギルドでの話を、今一度説明しました。

すると柚月さんも腕を組んで考え始めてから——

「クリスっち、魔導書貸して？」

「は、はい！　どうぞ」

柚月さんは、絨毯の上に座り込んだまま、シャーリィの魔導書を開いて読み始めます。

「ふむふむ。ナイスタイミングだし。クリスっち、発注するものを説明するから書いて！」

「はい！」

「まずは、ポップコーン用の種、バター風味。これを十キロ。専用オイルと、紙カップ……へぇ、夏祭り用の商品って、こんなものもあるし……」

そのまま柚月さんの言う通りに発注書を書き込みます。

綿菓子用の色付きザラメとか、割り箸とか。

あと、ポップコーンマシーンと綿菓子マシーン？

それって電気が必要なのですよね？

え？　お面？　しかもこんなに大量に？

「むほー。なんか楽しいし！　お祭りって、小さい時に連れていってもらったことはあるけど、こうやって自分たちでお店をやるのって初めてだから」

「あ、あの、柚月さん？　確か勇者のお仕事で、これからどこかに向かうのですよね？」

「船で沿岸航路を使って移動するんだけど、定期便が来るのが五日後に伸びたし。この開港祭が終わるまでは、ここで待機するようにって今朝方、連絡があったし」

つまり、この開港祭の間は、私のお仕事の手伝いをしてくれるそうです。

「あと、コーラを十箱と、冷凍のピザも一カートン！」

「え？　それは何に使うのですか？」

「武田っちに電気を作りだす魔導具を作らせる。その報酬に必要だし」

「なるほど！」

すぐに追加注文を山のように書き込むと、最後にまとめて魔力を込めて発注完了。

これで夕方には荷物が届きます。

「はい、これで準備完了です。あとは、夕方の納品時に届きますので……」

「それじゃあ、それまでに武田っちに話しつけてくるし。また夕方までバイビー！」

手を振りながら、柚月さんが宿に戻っていきます。

さて、私たちはまだ時間もありますし、ここで露店を開くことにしましょう。

開港祭なら貴族の方々も集まると思い、しっかりと装飾品の追加発注もしてあります。

さあ、夕方が楽しみです。

◇◇◇

港町サライに駐留している、ハーバリオス王国勇者軍。

この港町から出港する軍船でハーバリオス南島沿岸を巡り、メメント大森林南方の港町に上陸、そこから聖域に向かい、現在進軍してきている魔王軍に対応する予定になっているのだが。

この軍船がまだサライに到着しない。

サライ近辺の海は穏やかなのだが、メメント大森林南方海域は嵐に見舞われ、船が出港できないという報告があり、最低でもあと一週間は到着が遅れることになった。そのため、勇者行軍はサライの宿一軒を借り切り、そこをベースキャンプとして近隣の森に出没する魔物の討伐や、冒険者ギルドで塩漬けになっている不人気依頼を淡々とこなしていた。

——ガチャッ。

柚月ルカはその宿の入り口を勢いよく開けると、一階の酒場兼食堂に突撃する。

そして、そこでのんびりと食事をとっていた武田邦彦に近寄ると、開口一番。

「武田っち、コンセントを作って！」

「はぁ？」

いきなりの展開に、武田も呆然としてしまう。

「なんで、この電化製品のない世界にコンセントを？」

「いいからいいから。夕方には必要になるんだから、今すぐに作ってほしいし」

「コンセント……ねぇ。ちょっと待ってください、これ食べたら調べますから」

「ハリアップだし」

急いで食事を終えて、武田は柚月から事情を軽く聞き出し、必要なのはコンセントというより、発電機だということを理解した。そして【アイテムボックス】から魔導書を取り出す。

大賢者である武田の持つ魔導書は、このハーバリオス王家の宝物庫に納められていた初代勇者一行のもの。

森羅万象すべての術式が刻み込まれた魔導書ゆえに、普通の魔法使いでは扱うことが不可能だ。だが、勇者であり大賢者である武田にとっては、それを読み解くのはまるでネットゲームの攻略本を読むかのごとく簡単なことなのである。

「ええっと、高純度魔晶石《こうじゅんどましょうせき》に稲妻《いなづま》の術式を刻み込んで……と、これじゃあダメなんだよなぁ。ここをこうして……」

ぶつぶつと呟きながら、作業を進める武田。

「さて、これで大体の術式は刻みましたよ。ここがコンセントの差し込み口に当たる部分で、日本の規格に合わせてあります。あとは魔晶石に魔力を込めることで……発電するんですけど」

「武田っち、その知識があって、なんでバッテリーを作らないの？」

「バッテリーを作るための術式に対応できる高純度魔晶石は、ドラゴンの体内の魔石から研磨しないとならないんですけど……この辺りじゃドラゴンなんて見つからないし」

「ふぅん。それじゃあ、それと同じもの、あと十個欲しいし」

柚月が両手を開いて、武田に突き出す。

すると、武田もハァ、とため息をついた。

「作れても、あと四つ。魔晶石は限りがあるんですよ？　そもそも魔晶石って知ってます？」

「水晶？」

「形的には合ってますけど。魔晶石は鉱石、魔石《ませき》は魔物の体内に蓄積された魔力と瘴気《しょうき》の塊《かたまり》。まあ、魔石を削って術式を組み込めば、比較的純度の高い魔晶石は作り出せる。でもどちらにせよ貴重なものなんですよ？」

「よくわからないし。でも、お礼はあげられるし」

――スッ、コトン。

柚月が自分の【アイテムボックス】からコーラの缶を取り出すと、武田の目の前に置く。

「おおおおお！　まだあったんですか」

「自分の分は取ってあるし。でも、もっと作ってくれたら、ピザも用意できるかもしれないし。アフターケア込みで、あと四つ、作ってほしいし」

「喜んで！」

大急ぎで作業を進める武田。

さすがに数が多くなると、魔力を回復しながらでなくては難しい。

さらに魔導具作製の成功率は使用した魔晶石の純度も関係するらしく、最終的には途中で買い足した魔晶石を使っていた。

「さて。それじゃあ納品に行くから、武田っちも来るし」

「はぁ？　まだ何かあるんですか？」

「アフターケア。ちゃんと稼働《かどう》するか試す必要があるし」

疲れ果てた武田の手を掴み、柚月は宿を飛び出す。

そしてクリスティナの露店まで走り出した。


折しも、時間は夕方六時。

教会の鐘が鳴り響くと同時に、ブランシュが消えてノワールが姿を現す。

「ノワールさん、よろしくお願いします」

「ええ。クリスティナ様を守るのが、私の使命です。それに、ちょうどクラウン様もいらっしゃいました」

――ガラガラガラガラ。

型録通販のシャーリィの紋章をつけた馬車がやってくる。

そしてクリスティナたちの前に停車すると、黒ずくめの女性・クラウンが馬車から降りてきた。

「クリスティナ様にはご機嫌麗《きげんうるわ》しく。本日の納品を行わせていただきます」

「はい、よろしくお願いします」

そしてクラウンが馬車の後ろから荷物を下ろすと、クリスティナはそれを【アイテムボックス】に納める。

いつのまにか周りには商人たちが集まり始めたが、やはり認識を阻害されているのか、クリスティナたちに話しかける者はいなかった。

ただし、二人を除いて。

「ちーっす。クリスっち、納品中？」

「はい。【アイテムボックス】に収納するところです」

「ふぅん。それは手伝えないけど、馬車から下ろすのは手伝えるよ？　手伝う？」

柚月にそう問いかけられて、クリスティナはクラウンを見る。

するとクラウンも柚月と武田を見て、ふむふむと納得したらしく頷いている。

「なるほど、今代の勇者でしたか。それなら認識阻害は効果がありませんね。では、ここから下ろしたものを、クリスティナ様の露店まで移動させてもらえますか？」

「まかしとき！　武田っちは絨毯の上で休んでいるし」

そう告げてから、柚月は大量の荷物を魔法で浮かび上がらせると、それをス～ッと露店の場所まで運んでいく。

「重力軽減《じゅうりょくけいげん》と浮遊《ふゆう》、二つの術式の複合ですか」

「にしし！」

柚月を見てクラウンが驚いている。

柚月は笑って誤魔化すと、みるみるうちに荷物を積み上げた。

それを必死に【アイテムボックス】に収めるクリスティナ。

三十分ほどで、すべての荷物を収納し終わった。

「はい、こちらで支払いをお願いします」

「ありがとうございます。ですが、一つお聞きしてよろしいですか？」

「はい？」

いつもとは様子が違い、どこか複雑な顔のクラウン。

「今までは購入していなかった家電製品ですが、何故、このタイミングで購入なさったのでしょうか？」

「それは、武田っちが発電できるからだし」

絨毯の端に座った柚月が、中央で伸びている武田を見てから呟く。

すると、どうやらクラウンも納得したのか、新しい型録を取り出してクリスティナに手渡した。

「では、こちらをお渡しします。今までは必要ないと思って、ペルソナが外していた家電製品の型録です。ただし、こちらはクリスティナ様と、クリスティナ様が信頼している方にのみ販売するようにしてください」

「わ、わかりました」

「それでは。今後も型録通販のシャーリィをよろしくお願いします」

丁寧に挨拶をして、クラウンが馬車に乗って帰還する。

そしてようやく周りの商人たちが話しかけてくるが、今日は何も販売しないことを聞いて、その場から立ち去っていった。

「クリスっち、早速、試運転を始めるし！」

「はい、私は使い方がわからないので、柚月さんお願いします」

「にしし。ではさっそく」

クリスティナが【アイテムボックス】から『電動綿菓子機』を取り出すと、それを見た武田の目が丸くなった。

「な、なんでこんなものが、それに電気は……って、そういうことかよ！」

自分が作っていた魔導具、それの使い道を武田もようやく理解した。

「にしししし。武田っちはポップコーンの機械の稼働テストをするし。でも、機械はこの二台しかないから、失敗は許されないし。ちゃんと動いたら、さっき納品されていたコーラとピザを渡すし」

その言葉で武田は飛び起きる。

そして今一度、魔導具の調節をするために、電動綿菓子機とポップコーンの機械の取扱説明書を確認し始めた。


開港祭当日、朝。

前の日の段階で、すでにリハーサルは終わり。

さらに追加購入した法被《はっぴ》と呼ばれる勇者世界の正装を身につけたクリスティナ、ブランシュは、自分たちの雑貨店と衣料品店の露店準備を開始。

その横では、柚月ルカが綿菓子機の準備をしながら、隣で軽快な音を鳴らしている武田のポップコーンをつまみ食いしているところである。

「うぁ、勝手に食べないでください！」

「にしし。うまくできているし。代わりに綿菓子あげるから許すし」

「あー、まったく……」

文句を言う武田の目の前は、ポップコーンが爆《は》ぜる音と香ばしい香りに釣られてやってきた子どもたちや商人、そして町の人でいっぱい。

さらには隣でお面を売っている紀伊國屋のところにも、珍しい商品を見るために人垣が出来上がっていた。

「まったく。柚月さんの提案とはいえ、このような手伝いに駆り出されるとは予想外でした」

「まあまあ。その代わりに、きのっちの欲しかった整髪料とかも手に入ることだし」

「ええ、本当にその件については助かっています。しかし、毎日使うものですから、これ以上は手に入らない可能性があると思うと、なかなか厳しいものがありますね」

「おいおい。まったく手に入らないんじゃなくて、入荷に時間が掛かるって話だったろ？」

一番奥の露店では、緒方が焼き鳥を焼くために炭を起こしている最中。

この炭もまた、初代勇者がこの世界にもたらした革命的な燃料の一つであり、この港町サライから西方の村で作られている伝統品である。

基本的には冬季間の暖房のために用いられるものであり、このように煮炊きする時に使うのは緊急時のみ。

手間がかかって貴重なため、炭焼きなる風習は初代勇者が存在していた時代を終えてからは廃《すた》れてしまったのである。

「お、おおう。様子を見に来たが、これはまた、なんとも異国風というか……」

商業ギルドの統括が、各露店の準備状況を確認するために巡回している。

他の露店などでも食品を扱っているところがあるため、火の取り扱いなどについての注意を行っているところである。

そしてクリスティナの露店までやってきて、彼は思わず絶句してしまった。

他の露店にない斬新な食べ物。

壁掛けなどに使っても差し支えないような色とりどりの仮面。

王都で噂になっている、異国風の衣料品。

そして、今、貴族の女性たちに人気の肌着と、幻の装飾品。

このようなものが、露店に並べられていて果たして本当にいいのか？

王都の一等地で店を持っていても不思議ではないのではないのか？

そんな疑問が頭の中をぐるぐると回った挙句、露店を切り盛りしている四人が勇者であるという事実にさらに混乱している。

「はぁ……フェイール商店の、この人脈はなんなんだ。他の商人なら、喉から手が出るほど望むものが、すべてここにはあるんだぞ？」

「それはどうでしょうか。本当に商人が望むものなら、どのような商人でも努力次第で手に入りますから」

微笑むクリスティナに、統括はやれやれとため息をついた。

「まあ、これで予定通りに減税措置の対象として認可される。以後、フェイール商店はサライでの商売を行う際、減税措置を受けられるぞ」

そう説明しつつ、減税措置対象店舗の書面と手続き用の割札《わりふだ》を手渡す統括。

それを満足そうに受け取ると、クリスティナもまた頭を下げてお礼を言い、もうすぐ始まる開港祭の準備を再開した。


「……計算外です！」

◇　◇　◇

時間は正午。

朝八時から始まった祭りは大盛況。

ハーバリオス王国では滅多に見られない、ミュラーゼン連合王国の商人たちのもたらした装飾品や日用雑貨目当てに集まった商人たちもいれば、販売を再開した勇者丼を求める美食家たちもいます。

そして隊商《キャラバン》や個人商隊《トレーダー》も多く集まり、あちこちの露店への納品依頼や買い付けに精を出しているではありませんか。

貴族のご家族たちも噂を聞きつけて集まってきたりと、まさにサライの町全体が祭りの雰囲気に包まれています。

「クリスっち！　もう綿菓子が売り切れだし！」

「夕方に追加でザラメを納品してもらうよう手配は終わっています。柚月さんは後ろで休んでいてください」

「あーい。ピザとコーラで一息入れるし」

「待て、そのピザは俺のじゃないよな？」

「ちゃんと、皆で食べる分を用意してもらったし。それが終わったら、あーしはブランシュを手伝うし」

バックヤードとかいう、後ろの荷物スペースに柚月さんが移動。

そしてあらかじめ渡してあった冷凍ピザなるものを【アイテムボックス】から取り出すと、それを魔法で温め始めました。

すると突然、パンを焼いたような香りと、トマトソースとかいう赤いソースが焦げた香りが漂ってきます。

「フェイールさん、この香りのする食べ物は売ってないのか？」

「はい。これは非売品ですので。さすがにお金を積まれても売れません」

「そ、そうか。それならまあ……」

何人かの商人さんが問いかけてきますが、あれは柚月さんにお渡しした分。勝手に売るわけにはいきません。

それに、武田さんへのお手伝いの報酬でもありますから。

そんなこんなで柚月さんが食事を終えると、入れ替わりに武田さんが食事に向かいます。

そのまま交互に昼食をとるように頼み、私はアクセサリーの販売に全力を注ぐことにしました。

そして夕方、間もなく六つの鐘が鳴ろうという時。

「なあ、これは黒真珠で間違いはないのか？」

三人ほどの商人さんが、私の前にやってきました。

服装から察しますに、ミュラーゼン連合王国の方たちでしょう。

どうやら黒真珠に興味があるらしく、かなり食い気味に質問してきます。

「はい。黒真珠のネックレスですが」

「鑑定しても、よろしいかな？」

「構いませんよ。ちなみにミュラーゼン連合王国の漁場からの密猟品ではありません。タヒチという島の近くで採取されたものです」

「では、ちょっと失礼しますね」

二人の商人さんが、黒真珠のネックレスを鑑定しています。

そして私の言葉に納得したのか、二人とも頷いています。

「ありがとう。確かにタヒチという島のものらしい。実は、黒真珠というのはミュラーゼン連合王国でも禁忌の宝石とされていてね。普通の真珠と違って取り扱いは禁止、当然商品としての流通などもってのほか。すべて王宮が一括管理しているものなのだよ」

「へぇ。ミュラーゼンで黒真珠が採れるとは、私は初耳ですね。でも、その禁忌とか取り扱い禁止はミュラーゼンでのルール、このハーバリオス王国では通用しませんよね？」

試しにそう問いかけますと、商人さんたちは腕を組んで考えています。

「まあ、他国での取り扱いゆえに、禁止などできない」

「もしも密猟品なら、犯罪者としてこちらの王国に身柄の引き渡しを求めるのだが、それも違う」

「それにだ、本当に希少で年間に二つか三つ程度しか採れないものが、このようにネックレスに加工されているなど、本国でも誰も信じないだろうなぁ」

なるほどなるほど。

つまりはセーフなのですね。

「お土産にいかがですか、とお薦《すす》めしたいところですけれど。さすがに、そのように取り扱いが難しい品物なら、お買い求めいただくことはできませんよね」

「うむ。ということなので、こちらのエメラルドの装飾品を」

「私は、こちらの琥珀のブレスレットを所望する」

「オパールのカメオとは、勇者がもたらした装飾品ではないか。こちらも頼む」

などなど。

やはり御禁制品を密輸するわけにはいかないらしく、努《つと》めて安全で、かつ高価でない装飾品をお買い求めいただきました。

隣ではブランシュさんと柚月さんが、仲よさそうに衣料品を販売しています。

……柚月さんのブランシュさんを見る表情が、まるで恋する乙女のように見えるのは気のせいでしょうか？

ブランシュさんも笑顔で対応しているようですし。

これはアレですか？

ロマンスの始まりですか？

「……なんか、クリスっちの視線が変だし」

「いえいえ、私は恋する乙女の味方ですから」

「こっ！　恋ぃぃぃぃぃ？」

――ボッ！

一瞬で柚月さんが耳まで真っ赤になりました。

やはり。これはフェイール商店の店長として、大口顧客の勇者一行のためにも、この恋の後押しをしなくてはなりませんね。

「クリスっち、そのニヤニヤを止めるし」

おおっと、これはいけない。

柚月さんの恋の予感に、思わず笑みが溢れていましたか。

「頭の中で考えてることが、口に出ているし。ブランシュさんも、何か話してほしいし」

「ん？　そんな暇があるか。五番の帽子を出してくれ」

「はいはい。ちょっと待つし」

ブランシュさんの指示で、柚月さんは【アイテムボックス】に一時収納した衣料品を探しています。

あまりにも在庫が多いのと、柚月さんが手伝うということになったので、バックヤードの衣料品関係の荷物はすべて彼女の【アイテムボックス】に収納したのです。

その結果、商品番号を告げるだけでそれを取り出すことができるので、ブランシュさんも接客の余裕ができたとホッとしています。

「そんなことよりも、姐さんの方はどうなんだ？　手が足りないのなら勇者に手伝ってもらったらいいんじゃねーか？」

「ついでに、クリスっちもラブロマンス展開になればいいし」

「も？　今、クリスっちもって話しましたよね？　おやおやおやおや？　おやおやおやおやおや？」

私が突っ込むと、後方から武田さんの声が聞こえてきます。

普段から揶揄《からか》われているのか、これ見よがしに反撃しているようです。

「あー！　武田っちはちゃんと仕事する！　黙って手を動かすし！」

「わかってますよ。ちゃんとやっているじゃないですか」

「口を動かすなし！」

「はいはい……」

――カラーンカラーン……

柚月さんの絶叫と同時に、鐘の音が鳴り響きます。

「そんじゃ、あとは任せる。姐さん、また明日な」

「はい、お疲れ様でした。ゆっくりと休んでください」

――ポンポン……シュンッ。

そう挨拶をしてから、ブランシュさんは柚月さんの頭を軽く叩いて、消えました。

「あ～っ、あいつ、天然のタラシだし！」

「はいはい。私の護衛がご迷惑をおかけしたようですわね」

真っ赤な顔で頭を抑える柚月さん。

そして入れ替わりに姿を現したノワールさんを、紀伊國屋さんと武田さんが呆然と見つめています。

あれ？　お二人は会ったことありませんでしたか？

武田さんは絶対会ったことありますよね？

まあそれは置いておいて。

「柚月さんさえよければ、彼との仲を取り持ってあげますわよ？」

「必要ないし！　それよりもお客さんが待っているし！」

私が柚月さんを揶揄っている中、ノワールさんはすぐさま接客を始めます。

町の女性だけでなく、遠くの領地から訪れてきた貴族の奥方や令嬢もやってくるので、衣料品と装飾品の露店は大忙しです。

◇　◇　◇

夕方六つの鐘も鳴り終わったというのに、なおも集まってくる客に対応するフェイール商店。

そんな忙しそうなクリスティナの姿を、遠くからコソコソと隠れるように見ている三人組の男たちがいた。

「……ふふん。なるほど……」

その気配を察知したノワールが、横にいる柚月にそっと耳打ちを一つ。

「クリスティナ様が狙われています」

「誰に？」

「以前、温泉地でクリスティナ様を誘拐し、隷属しようとした貴族がいました。その時の手下の姿が、そこの建物の陰から見えました」

そう。

あの温泉地を治めるラボリュート女辺境伯の旦那、ケリー・ラボリュートが、クリスティナを誘拐した件だ。

事情を聞いた柚月は、隣の露店の武田と紀伊國屋にさらに伝言、武田は焼き鳥が完売して炭を落としている最中の緒方にそれを伝える。

「ほう？　異国の商品を取り扱う女性を隷属とは、大した勇気があるようで」

「クリスさんがいなくなると、コーラもピザも手に入らなくなる」

「久しぶりに、こんな面白いことをやらせてもらったんだ。せめて、そいつらをとっちめるとするか」

勇者四人は、あえて何も気づいていないかのように接客を再開。

そしてクリスティナもまた、夕方七つの鐘が鳴る時間になって露店の片付けを開始する。

「クリスっち。ちょっと勇者の仕事の打ち合わせで、席を外していい？」

「このあと、作戦会議と重要案件の処理がありまして。それが終わり次第、すぐに戻ってきます」

「昨日の分のピザとコーラは、その時で構わないから」

「ということらしい。そんじゃ、またな」

そう笑いながら告げると、四人は席を外す。

それと入れ替わりに、クリスティナの目の前には型録通販のシャーリィの白い馬車が到着した。

「大変遅れまして、誠に申し訳ございません」

馬車から出てきたのは、いつもの即日発送担当のクラウンではなく、白い姿のペルソナである。

丁寧に頭を下げるペルソナに、クリスティナも驚いた表情であるが、すぐにポン、と手を叩いて一言。

「なるほど、通常配達便と即日発送の品が重なったのですね？」

「ええ、その通りです。では、荷物を下ろしますので、よろしくお願いします」

「はい。ノワールさん、お手伝いをお願いしてよろしいですか？」

ニコニコとノワールに声をかけるクリスティナだが。

ノワールは腕を組み顎に右手を添えて、頭を軽く傾げる。

「お二人の邪魔をしてよろしいのですか？」

——ゲホッ！

いきなりのノワールの発言に、ペルソナがむせる。

クリスティナはその言葉にすぐにはピンと来なかったらしいが、やがて顔を真っ赤に染めていく。

「な、な、な、何を言い出すのですか！　早くお手伝いをお願いします。ペルソナさんが困っているじゃないですか？」

「はいはい、かしこまりました。では、ペルソナ様、よろしくお願いします」

ニヤニヤと笑うノワール。

まるで昼間、クリスティナが柚月を揶揄っていた時のように、今度はノワールがクリスティナとペルソナを揶揄い始めた。

もっとも、それは最初だけであり、ペルソナはすぐに営業スマイルに戻って、作業を再開。もっと動揺する姿を見たかったと、ノワールは内心悔しがった。

そんなこんなで三十分後には追加の商品がすべて【アイテムボックス】に収納される。

「では、いつものように支払いをお願いします」

「はい！　ではこちらで」

クリスティナがシャーリィの魔導書を取り出して、ペルソナに提示する。

そしてチャージから支払いを済ませると、ペルソナは何もなかったかのように頭を下げる。

「それでは、次回のお取引をお待ちしております……それと、ノワールさん。今回の件は、しっかりとシャーリィ様にもご報告しますので」

「待ってください！　それはなし！　お願いです、この通りですから」

いきなりの言葉にノワールは絶叫して、ペルソナに謝罪を始めた。

「まあ、今回は……ということで。では、これで失礼します」

「はい、お疲れ様でした」

ペルソナとクリスティナが同時に頭を下げる。

やがてペルソナが乗っていた馬車が走り出して消え去ると、いつものように商人たちが集まってきたのだが。

「今回は、うちの露店分の仕入れです。他所《よそ》に回す余裕はありませんので、ご了承くださいませ」

「そっか……まあ、開港祭が終わったら、またよろしく頼むわ」

「今度は冬向けの商品を頼むよ。いくら南方だからといっても、サライでも風は冷たくなってきたからなぁ」

「かしこまりました。少し調べてみますね」

商人たちの言葉を聞き、クリスティナはリクエストされた商品について検討を始める。

やがて、柚月たちが満足そうな笑顔で帰ってくると、一行は一日の疲れを癒すために酒場で食事を楽しむことにした。


港町サライ・領主館。

昨日夕方に起こった、とある小さな事件。

それは、ある一人の商人を拉致しようと企む男たちが、実行前に護衛らしき人物たちによって取り押さえられたというものだ。

騎士団詰所にて詳しく取り調べが行われ、一日経過した本日。

首謀者と思《おぼ》しき男性が館に招かれている最中である。

まさか、自分自身がこれから糾弾されるとは知らず。

「これはグレイス・ラボリュート辺境伯と、ケリー・ラボリュート殿。遠路はるばるおいでいただき、誠にありがとうございます」

「いえ、わざわざ晩餐会を開いてのご招待、感謝いたします。夫も子どもたちも、ひさしぶりに海の幸を堪能したいと心待ちにしておりましたので」

サライおよびその付近を統治しているサライ伯爵の丁寧な挨拶に、ラボリュート女辺境伯も満足そうに返答する。

その後ろでは、子どもたちが屋敷の中の調度品などを見てワクワクしている。

港町らしく、飾り付けられているのは漁具に関係するものや海棲生物、魔物の姿をとらえた絵画や彫像など。

また、海向こうの連合王国の絵柄のタペストリーなどにも関心があったらしく、子どもたちは調度品の観察を楽しみ始めた。

だが、挨拶を終えてからも、辺境伯の横に立つ夫の様子はどこか落ち着かない。

「それでは、辺境伯様は広間へどうぞ。それとケリー・ラボリュート殿、紹介したい商人がおりますので、こちらへ来ていただけますか?」

「紹介したい商人だと?　何者だ?」

「フェイール商店、と申せばご理解いただけますでしょうか?」

サライ伯爵は声を潜めてボソリと呟いた。

自分が裏で手を回し、捕らえようとしているクリスティナがここにいると聞き、ケリーは速やかに頷く。

「では、私は彼と話があるので。グレイス、後ほどダイニングで」

「まあ、男性同士のヒソヒソ話？　後から色々と聞かせてもらえるのでしょうね？」

「まあ、内容によるがな……では」

そのまま別室に案内されるケリー。

やがて通されたのは、屋敷の中でもかなり奥まった場所にある部屋。

普段は誰も使用せず、密約などを執り行う際にのみ使われる応接間に案内されたケリーは、すぐさまサライ伯爵に話しかける。

「フェイール商店のクリスティナが、何故このサライの町に来ていたのだ？」

「彼女は個人商隊《トレーダー》登録されている商人です。別段、ここにいてもおかしくはありませんよ」

「まあ、そうだが……それで、私に会いたいと言うのだよな？　ロバート、貴様はどこまで話を聞いている？」

「そうですねぇ」

――裏でクリスティナを誘拐し、隷属しようとして失敗したことを知っているのか？　もしもそうなら、暗殺ギルドに手を回してこいつも口封じをする必要がある。この町に放った奴隷たちに始末させるのもいい。

いずれにしても、クリスティナと接触した可能性がある以上は、伯爵といえど始末する必要があると、ケリーは考えたのだが。

――バン！

突然、部屋の扉が開け放たれる。

そして三人の男たちが部屋の中に放り込まれた。

手枷と足枷を嵌められ、動きを抑制する【罪人《ざいにん》の首輪《くびわ》】をつけられた三人の男たちは、ケリーの姿を見た瞬間に哀願した。

「ケリー様！　俺たちは何も話していません」

「そうです、あの魔法使いが俺たちの頭の中を覗き込んで」

「助けてください！」

――チッ。

その無様な姿に舌打ちをしつつ、ケリーはサライ伯爵を見る。

「事情は一通り聞き及びました、とお伝えします。あなたが裏ギルドを通じてクリスティナという女性を誘拐し、隷属しようとしたこと。その最中に逃げられ、ラボリュート領全体に戒厳令を発してクリスティナを捜すように命じたこと。旅の商人からの噂話で、彼女がサライに来る可能性があることを知り刺客《しかく》を放ったこと……すべてです」

「なんのことだ？　私は、この男たちなど知らない。所詮は隷属された犯罪者たちだ、私に罪を着せるように命じられたのでは？」

あくまでシラを切るケリーだが。

「本当に申し訳ない。【思考看破《しこうかんぱ》】と【曝露《ばくろ》】の魔法を使わせてもらいました」

「あんたがクリスっちを隷属しようとした貴族だっていうことは、この三人が話したたし」

「そういうことですので、速やかに投降していただけると助かります。あまり、私たちの手を煩わせないようにしてください」

扉の外から現れた武田、柚月、紀伊國屋の三人。

その姿を見てケリーは頬をひくひくと引《ひ》き攣《つ》らせたものの、すぐに立て直し堂々と言った。

「貴様らは、誰にものを言っている？　この私はラボリュート女辺境伯の夫であるケリー・ラボリュートだ。その私を拘束するだと？　貴様らこそ何者だ？」

「勇者だし」

あっさりと言い返す柚月。

そして紀伊國屋が懐から一枚のメダリオンを取り出して、ケリーに掲示する。

――ジャラッ。

「これは、王家が発行した勇者証明です。貴族院のいかなる法にも縛られることなく、かつ、独自の判断で犯罪者を捕らえ、裁くことができます。これについては、ケリー・ラボリュート殿もご存

じかと思われますが」

紀伊國屋が顔色一つ変えずに説明すると、ケリーは一歩、また一歩と後ろに下がっていく。

「し、証拠はあるのか！　私がクリスティナを隷属しようとしたという証拠は」

「あるし。『真実を告げる天神よ、秩序の女神よ。かの者の罪を裁き給え』……」

素早く両手で印を組み上げると、柚月は静かに【秩序《ちつじょ》の女神《めがみ》の眷属《けんぞく》】を召喚する。

やがて彼女の目の前に光が集まると、白い衣《ころも》を身にまとい、天秤《てんびん》を手に下げた女性が姿を現した。

「ばかな！　女神の眷属を召喚しただと！」

「あーしをなめんなよ。さ、こいつの罪を教えるし」

その言葉に、女神の眷属が天秤を目の前に掲げる。

それが勢いよく左側に傾くと、女神の眷属はゆっくりと口を開いた。

『ギルティです。王家が禁じている禁術により、無垢《むく》なる人々を隷属。それを郊外の屋敷に囲い込み、ウハウハハーレム三昧《ざんまい》。挙句に飽きたら、部下に下げ渡してから口封じに殺害。何か申し開きは？』

「嘘だ、そんなことは嘘だ！　この女の言うことは嘘だ！」

『女神に対しての侮辱罪も追加。他に申し開きは？』

「だ、誰か、この女を切り捨てろ！　勇者たちも斬れ！　ロバート、ケリー・ラボリュートの名で命じる！」

真っ青な顔で叫びつつ、ケリーは部屋の角まで下がっていく。

だが、サライ伯爵は動くことなく、その場で佇んでいる。

『まず。秩序の女神の眷属であるキッスの名により、かの者の貴族特権をすべて剥奪《はくだつ》します。その上で、女神に楯突いた罪として、斬首を言い渡します』

ニッコリと微笑みつつ、女神の眷属はケリーを断罪する。

——ガチャン！

突然、ケリーの両手と両足にも枷が嵌められる。

さらに首にも【罪人の首輪】がつけられ、ケリーの意識がス〜ッと消えていく。

「さて。緒方さん、どうやら戦闘にはならなかったようですから、出てきても構いませんよ」

紀伊國屋が部屋の入り口あたりに向かって言うと、スキルで姿を隠していた緒方が扉の陰から出てくる。

「なんだよ。このパターンは悪人が逆上して、証拠隠滅のために斬り掛かってきたり、魔法で悪魔を召喚したりするんじゃなかったのかよ」

「彼からは、そんな力は感じませんでしたよ」

「そういうことです。この件は、私たち勇者が収めたことにしてください。あなたは、私たちに協力しただけ、それでよろしいですね？」

紀伊國屋は、サライ伯爵に念を押す。

このままケリーは捕縛された状態で王都に引き渡される。

そして正式な裁判ののち、彼は斬首となる。

大切な伴侶と父を失ったラボリュート女辺境伯とその子どもたちには、後日、改めて王都から連絡が届くだろう。

「は、はい……」

「じゃ、あーしたちは露店の片付けがあるし」

「明日が最終日、盛大に盛り上がることでしょう」

「はぁ。これでようやく、ピザにありつける」

三者三様な意見を呟きつつ。

勇者たちはサライ伯爵の屋敷を後にする。

これで、クリスティナを付け狙っていた悪党はいなくなったと、一同も一安心するのであった。

――少し前、王都にて。

魔族と手を組み、ハーバリオス王国を影から支配しようと目論《もくろ》んだオズワルド公爵。

一方、魔族側は彼と協力する振りをして、闇の精霊を憑依させていた。彼らは精霊の加護を持つクリスティナを侯爵家から追放し、彼女を王都から追い出すことには成功したものの、国王を洗脳する手前で武田によりその企みは阻止された。

その証拠集めも終わり、オズワルド公爵は極刑、公爵家は取り潰しとなった。

また、アーレスト侯爵家については、当主であるブルーザ・アーレストは隠居とし、長男であるグランドリ・アーレストが継ぐこととなり、王城に招聘《しょうへい》されたのであるが。

「馬鹿な……い、いえ、何故アーレスト侯爵家が伯爵位に降爵されるのですか……我が家は勇者カナン・アーレストの直系です。王国に対して、今までどれだけ貢献してきたことか」

王城に呼び出されたグランドリ・アーレストは、父の侯爵位をそのまま襲爵できると信じ、やってきたのである。

だが、国王から最初に語られたのは、アーレスト侯爵家の降爵についてであった。

さらに、アーレスト家元当主及びその妻は王都追放となり、初代カナン・アーレストに与えられた北方の直轄領へと封領、すなわち隠居が命じられた。

「すべては、魔族に魂を売り払い、我が国を牛耳ろうとしたオズワルド公爵を恨むしかあるまい。

アーレスト侯爵とその妻も、闇の精霊の影響を受けていたようだ……」

そこからは、大賢者武田による調査結果報告が行われた。

カナン・アーレストの正統なる後継者はクリスティン・アーレスト、つまり現在クリスティナ・フェイールと名乗る少女であり、その力は王国になくてはならないものであることも伝えられる。

それを、魔族の洗脳によって追放し、国内を混乱に陥れる可能性を生み出した罪は、厳重注意などで許されるものではない。

「王都のアーレスト侯爵邸は引き払え。今後アーレスト伯爵家は北方にて商いを続けることを許す。勇者への納品その他については一時中断とする、以上だ。何か質問でもあるかな？」

返答は許さんとばかりに、国王は強い口調でグランドリに問う。

「いえ。このグランドリ・アーレスト、謹んで伯爵位を拝命いたします」

「うむ、下がってよい」

一礼し、グランドリは退室する。

これでも彼は運がよかった。

アーレスト家に監察官や騎士団がやってきて、魔族の痕跡を調べていた時。

彼が米を手に入れるため行った村の焼き払いをはじめとする、北方圏での犯罪の証拠は出てこなかった。

もしもそれすら調べられていたなら、グランドリも処刑され、アーレスト家は絶えていたであろう。

そのままグランドリは自宅へと戻り、今後の対策を考える。

「父上も母上も隠居し、頼みの綱であるお祖父様の力も借りられない……裏ギルドにすら、連絡がつかなくなったということは、俺は、俺の未来は閉ざされたも同然……」

一時絶望したグランドリであるが、まだ、起死回生の切り札はあると考えた。

それは、国王が告げた、勇者の正統なる後継者がクリスティンであるという情報。

それなら、彼女をこちらの味方にしてしまえば、まだ侯爵家に戻れる可能性がある。

「そうだ、クリスティンをこの件に巻き込んでしまえば……母上はともかく、クリスティンは父上とは仲もよかった。よし、まだチャンスはある」

室内をウロウロと歩きながら、グランドリは次の一手を考え始めた。

◇　◇　◇

港町サライの開港祭。

最終日もつつがなく終わりを迎えそうで、何よりです。

我がフェイール商店の露店は大盛況のまま最終日を迎え、お昼には商品が完売してしまいました。

この後即日発送コマンドを使い追加発注をし、夕方に荷物を受け取っても、消費しきれない可能性があります。

ということなので、本日は追加発注を行わず、これで終了としました。

「はい！　皆さんありがとうございました。お陰で助かりました。このお礼に、これから皆さんのリクエストを受け付けるということで」

片付けを終えてから、私の露店があった場所で勇者の皆さんに頭を下げて、素直に感謝の気持ちを伝えました。

「あーしたちも暇だったし。楽しんだからいいし！」

「まあ、仕事としての報酬については、別途、請求させてもらいますが……私としても、日本を離れて久しぶりに、故郷のイベントを楽しませてもらいました」

「電気が必要な家電製品が入手できるなら、また追加で魔導具を作りますから。だから、ピザとコーラを大量にお願いします」

「俺はなんでもいいよ。懐かしい雰囲気を味わえたからさ」

うん、勇者の皆さんも故郷の雰囲気を楽しめたようなので、私としても嬉しく思います。

ん？

故郷の雰囲気？

ふと、【アイテムボックス】から旅行券を取り出します。

私が購入したものは、このハーバリオス王国の各都市のものですけれど、ひょっとしたら勇者様たちって、この旅行券で故郷まで戻れるのではないでしょうか？

「んんん？　クリスっち、何か企んだし？」

「企んではいませんけれど。ちょっと思い当たることがありまして。柚月さん、この後少し相談に乗ってもらえますか？」

「女同士の秘密の話だし？　別に構わないし〜。ということなので、きのっちたちは、宿に戻ってこの後のスケジュールを確認するし」

「はぁ、わかりました。では、あとで欲しいもののリストを作って柚月さんにお渡しします。それが今回の報酬ということで、よろしくお願いします」

「はい。わかりました！」

そのまま紀伊國屋さん、武田さん、緒方さんの三名は騎士団の停泊している宿に戻るそうです。

それで私はと言いますと、荷物をすべて片付けて……と、まだ衣料品関係は少し残っていますので、それはブランシュさんにお任せしましょう。

「あの、ブランシュさん。柚月さんと少しお話ししてきて構いませんか？」

「隣の絨毯の上ではダメなのか？」

「魔導書を開きたいのですけど……この人通りのある中で開くのはどうかと」

「あ〜、開いた時点で認識阻害の効果が発生するから。指定された人間以外には、何をしているのかわからないはずだ」

「そうなのですか？」

初耳ですけれど、なるほど納得です。

ということなので、隣の絨毯に柚月さんを手招きして、さっそくシャーリィの魔導書を開きました。

「ええっと、こちらが新しく取扱可能になった商品でして。このように、全国各地の旅行券というものがあるのですけれど、これは柚月さんたちの故郷でしょうか？」

「どれどれ？　んん？　んんん？」

シャーリィの魔導書を手渡し、そのまま読み込んでもらいました。

すると柚月さんがワナワナと震え出し、私に一言。

「これがあれば、故郷に帰れるし！」

「えええ、そうなのですか？」

「そう、この『都内たかバス周遊ツアー』っていうのを買って使えば、東京に帰れるし！」

「そうなのですか。柚月さんは、帰りたいのですか？」

せっかくお知り合いになれましたのに、ここでお別れとは残念です。

けれど、柚月さんは旅行券のページにある注意書きを、ジーッと睨むように見つめています。

「あ～、ダメだし。残念だけど帰れないし」

「そうなのですか？」

「たとえば、このたかバスツアーだと……」

どうにか私にもわかるように、柚月さんが説明してくれました。

簡単にご説明するなら、このサライで旅行券を使用して東京などに向かった場合、その東京という地点に強制転移するそうで。

その旅行日程が終わった時点で、旅行券を使った場所、つまりサライに戻ってきてしまうそうです。

「ん～、現地解散なら日本に残ることができそうなんだけど、そんな旅行券がないし。でもまあ、必要に応じて日本に帰れるからいいし！　クリスっち、この旅行券を四枚、購入してほしいし」

先ほどまでガッカリとした顔でしたが、すぐに元気を取り戻したようです。

そして柚月さんの指定した旅行券、『東京駅発、一日フリーパス』というチケットを購入しました。

東京駅に朝八時に集合して、あとは一日自由に旅行できるそうですけど、やっぱり使った場所に戻ってきてしまうそうで。

「かしこまりました。それと、明日の昼までに紀伊國屋さんたちの注文を集めてもらえれば、夕方の配達に間に合わせられますよ」

「それは好都合だし。その話も含めて、あとで打ち合わせするし」

ずっと異世界にいた皆さんにとっては、少しでも故郷に帰れる可能性があるのは嬉しいそうです。

やはり、故郷はいいですよね。

「なんだ？　何故、こんな場所にクリスティンがいるんだ？」

ふと、私たちの目の前を通り抜けようとした馬車から声がしました。

思わず顔を上げると、そこには馬車の窓から顔を出しているオストールの姿がありました。

え？

何故に彼がここに？

そんなことを考えている間もなく、オストールが馬車から降りてきます。

「クリスティン、ここで何をしている？」

「私はクリスティンではありませんわ。クリスティナ・フェイール、それが今の私の名前です」

「知るか！　お前のおかげで、私がどれだけ辛い生活を送っていると思っている？　兄上が許してくれたからこそようやく屋敷から出れるようになったが、私はこうやって、また商人としての勉強を一からやり直すことになったんだぞ？」

　知りませんよ。

　私は、あなたの顔なんて見たくもないのですからね。

「自由に動き回ることもできず、外を出歩く時は常に騎士がついてくる……お前が、お前が私の面子《めんつ》を潰したのだろうが！」

「はぁ。どなたか知りませんが、私にはまったく関係のないこと。そのような罵倒《ばとう》をされるのでしたら、真実を知るアーレスト侯爵にまた、こちらからもお話をさせてもらいますが」

　そう私が言い切ると。

　オストールがニイッと笑いました。

「残念だな、クリスティン。我が父は王都転覆の罪を犯したとして国王より隠居を言い渡された。今は、グランドリ兄上が我がアーレスト伯爵家の正統なる後継者だ、今更、貴様が戻れる場所など存在しない」

「なんですって！　お父様が隠居なされた？　まさか、またあなたが罠《わな》を張って、父を陥れたのですか？」

　信じたくありません。

いいえ、今の言葉も罠かもしれません。

「まさか。オズワルド公爵家が、魔族と手を組んだ。そして父と母を洗脳し、お前を追い出した。それに、オズワルド公爵は我が国を裏から操ろうとしていたらしく、国王陛下さえも洗脳しようとした……まあ、結果として、お祖父様は処刑され、公爵家は取り潰し。アーレスト侯爵家も伯爵家となり、元々の北方直轄地に戻らされた。これが、真実だ」

馬鹿な。

いいえ、今思い出してみると、確かに父と取引などの話をしていた時も、時折おかしかったような気もします。

つまりは、そういうことなのですね。

「……まあ、わかりました。それで、あなたはこんなところで、何をしているのですか！」

「私がここに来たのは、グランドリ兄上に頼まれて、この町に流通しているらしい『米』の出所を調べるためだ。クリスティン、お前が流しているんだろう？　異国の商人とやらから手に入れて」

「知りません。それに、あなたも商人なら、仕入れ先を聞き出すなどご法度《はっと》であることはご存じですわよね？」

「知っている。だからこそ、お前から聞きたい。もしもお前が取り扱っているのなら、アーレスト商会にだけ卸せ。いいな」

何故、そのようなことを聞く必要があるのでしょうか。

「お断りします。何故、私があなたの言うことを聞く必要があるのですか？」

「兄上が話していた。もしも願いを聞き入れてくれるなら、クリスティンをアーレスト家に戻れるように便宜《べんぎ》を図《はか》るとな。お前も、いつまでも露店商などを続けることはできんだろ？」

「私は、好きで露店を開いています。これ以上は、話が平行線になるようですし、終わりにしますね」

これ以上は話をしたくありません。

そう告げましたけど、彼は私の露店を見て、横に座っている柚月さんに気がついたようです。

「これはこれは、このような場所で勇者様に御目通りできるとは。そちらで話をお聞きになっていたでしょうが、このままでは、我がアーレスト商会は勇者様への商品の納品ができなくなってしまいます。どうか、勇者様からもこの思慮なき小娘を説得していただけますか？」

オストールは恭《うやうや》しく柚月さんに頭を下げていますが、柚月さんが真っ赤な顔で震えています。

「そこの騎士さん、あなたは、この子デブっちの監視？」

「はい。貴族院からの依頼により、オストール・アーレストの監視役を仰せつかっております」

「それなら、あーしの言葉を貴族院に伝えて！」

柚月さんが、胸元からメダリオンを取り出して掲げます。

これは勇者権限の発動であり、国王以外、何人《なんぴと》たりとも逆らうことが許されません。

そして、オストールはその仕草を見て、ニヤニヤと笑っています。

「私、柚月ルカの名において、クリスティナ・フェイール の店であるフェイール商店を、勇者御用達とします。本日、この場をもって、アーレスト商会とは今後、一切の取引をしないとお伝えください」

努めて冷静に、そして丁寧に、柚月さんが宣言しました。

すると、メダリオンが輝き、声が聞こえてきました。

『我、契約の精霊が、この宣言を聞き届けました……』

契約の精霊の声が周囲に響くと、私も騎士も、そしてオストールさえも馬車から飛び降りて跪《ひざまず》きました。

そしてメダリオンから光が消えると、オストールが真っ青な顔で柚月さんに話しかけます。

「い、今のは冗談ですよね？　アーレスト商会を通さなくては、勇者様への納品は行えないのですよ？」

「いえ、勇者様自ら、契約の精霊に対して宣言なされました。そのため、アーレスト商会は勇者様御用達ではなくなり、以後はフェイール商店が勇者様御用達となります」

「馬鹿な！　そんな馬鹿なことがあってたまるか。私は、グランドリ兄上になんと報告すればいいのだ」

「私が見届けましたので、正式に貴族院より通達いたします。では、急ぎ王都へ戻る必要ができましたので、オストール殿もお乗りください」

冷たく言い放つ騎士。

「わ、私は、兄上に言われたのだぞ？　異国の商人がもたらす商品のすべてをアーレスト商会が独占できれば、今よりもさらに繁栄する。クリスティンもそれは理解できるだろ？」

「私はアーレスト家とは縁もゆかりもありません。それはあなたもご存じのはずですが？」

「こ、この小娘がぁ！　お前が、お前さえいなければ、お前がぁ」

いきなりオストールが腰の短剣を引き抜きました。

ですが、その瞬間に彼の丸いお腹に、ブランシュさんの拳がめり込みます。

「グボグボゲブホワッ」

口から泡を吹き、オストールは気絶しました。

「さて。こいつは庶民にイチャモンをつけた挙句、ナイフを引き抜いて襲い掛かろうとした。それはあんたも見ていたよな？」

騎士に問いかけるブランシュさん。

さらにその背後からは、柚月さんもじっと見ています。

「はい。罪なき民に刃を向ける。このことについては、厳重に処理します。そもそも、彼についても貴族院では王都追放、爵位の継承権剥奪などについての論議が繰り返されていました」

「あ、あ～、そういうことか……こいつが姐さんと接触して暴走するところまで、すべてグランドリとかいう兄貴の計算済みの可能性もあるってことか……」

「それはわかりません。ですが、彼はもう、だめでしょう。それでは、私は王都まで急ぎますので、失礼します」

倒れているオストールの両手に枷を嵌め、騎士は馬車を走らせる。

それが見えなくなるまで、柚月さんとブランシュさんは馬車をじっと睨みつけていました。

そして私は。

——ヘタッ。

力が抜けたのか、地面に座り込んでしまいました。

「……クリスっち。これ、この旅行券で北方に飛んで、お父さんに話を聞いてくるといいし。あーしはついていってあげられないけど、ブランシュがいれば大丈夫だし」

そう優しく告げてくれる柚月さん。

うん、今回はあまりにも、情報量が多すぎて混乱してきそうです。

「す、少し考えさせてください」

「うんうん。困ったことがあったら、いつでも相談に乗るし！」

その柚月さんを見て、少し涙してしまいました。そうですね、少し休んで、考えさせてください。

王都からやってきたオストールがもたらした、アーレスト侯爵家の顛末《てんまつ》。

父と継母は、北方にある元々の直轄領に隠居させられたそうです。

元祖父は王都転覆罪の主犯として処刑され、公爵家は取り潰し。さらに私を利用しようと考えていたオストールは捕らえられ、王都へと送り返されていきました。

あまりにも情報量が多すぎて処理しきれません。

私は王都より北には向かうことができませんが、旅行券を使えば直轄領までは一瞬で移動することができます。

そうすれば、お父様から直接お話を聞くこともできますし、オストールからの話では語られなかった、隠された真実が聞けるかもしれません。

でも、今はゆっくりと身体を、心を休ませてほしいです。

……はい、ほとんど眠っていません。

というか、考えることが多すぎて寝付けませんでした。

さて、朝一番で北方のアーレスト家直轄領であるノーザンライト領へ向かうための旅行券も手配しました。

それが届いたら、私は一度、ノーザンライト領へと向かう予定です。

何が真実なのか、何故、このようなことになったのか。

家を追放された私には関係ないかもしれませんが、その原因を、その真実を私は直接聞きたいのです。

それを聞いてどうするかなんて、今は考えられませんけれど、隠居してしまった父の様子を見たいと思うのは、子として当然ではありますよね。

今日からは普通に露店を開き、明日か明後日には北上してシャトレーゼ伯爵領にでも向かおうかどうしようかと思案していたのですが、少し予定を変更です。

「クリスっち、おっはよ～！」

そんなことを考えつつ、雑貨店の準備をしていたら、柚月さんがやってきました。

「おはようございます」

「はい、三人から預かってきた、欲しいものリスト。まだ午前中だし、夕方の即日発送でなんとかなるっしょ？」

「はい、先に終わらせてしまいますね」

柚月さんから紙のメモを受け取ると、すぐに荷物の陰で魔導書を開きます。

食料品と、あとは雑貨だったり衣類だったり。

男性用の下着もありましたけど、まあ、異世界の肌着って着け心地がいいのですよね。

女性用なんて、こんな破廉恥なデザインなのにもかかわらず、女性客に大変人気です。

「ええっと……マッチ？　ライター？　キャメル？　はて？」

緒方さんのリストの中には、見慣れないものがいくつもあります。

「あ～、それ、煙草《たばこ》の銘柄だし。そういえば、煙草を切らしているって緒方っちが話していたし。煙草、ある？」

「ええっと……ないです、はい」

「残念！　緒方っちはお酒も欲しがっていたけど、それもない？」

うーん。

残念ながら、ありませんね。

確か以前は、『厳選、日本の銘酒』という期間限定商品があったような気がしますけれど、今はないようです。

「タイミングが悪かったようで。次にお酒が来ましたら、その時に在庫しておきますね」

まあ、次にペルソナさんかクラウンさんが来た時に、聞いてみることにしましょう。

そんな感じで次々と注文書を書き、最後に私の旅行券を数種類、まとめて発注します。

「それでは、お願いします」

いつもの手順で発注終了。

「さて、それでは始めましょうか」

「あーしも、今日は暇だから手伝うし」

「それでは、ブランシュさんと一緒に、衣料品の販売をお願いします。私は、こちらで雑貨とアイスクリームを販売しますので」

「うんうん、クリスっちの頼みなら断れないし！」

ブランシュさんと一緒のためか、いつもよりも元気な柚月さんです。

たまに二人を見ると、すぐ柚月さんに怒られてしまいましたけどね。

そんなこんなで夕方まで販売を続け、六つの鐘の音と同時にブランシュさんがノワールさんと交代。

即日発送のクラウンさんからも荷物を一通り受け取りましたので、いよいよ、北方のノーザンライト領へ行ってきます。

「あーしも暇だったら、一緒についていってあげれるんだけど。さすがに、サライ待機だからついていけないし」

「いえいえ。柚月さんには、皆さんへの荷物を届けてもらわなくてはなりませんので」

受け取った商品は、柚月さんに預けてあります。

まあ、代金も柚月さんが立て替えたので、特に問題もありませんけどね。

「それでは、行ってきます！」

「柚月様たちに、精霊の加護のあらんことを」

ノワールさんが祝詞《のりと》を唱えながら柚月さんの手を取ります。

そこに光る指輪を四つ置くと、にっこりと微笑みました。

【竜鱗《りゅうりん》の指輪《ゆびわ》】です。まあ、ないよりはあった方がマシ程度ですけど、どうぞ」

「あ、ありがと。とっても嬉しいし！」

「いえ。我が主人であるクリスティナ様が、お心を許した親友ですから」

「はい。柚月さんもご無事で」

「わかったし。ちゃんと、お父さんの話聞いてきなよ！」

手を振り頭を下げてから。

私は、旅行券を取り出します。

その中の一枚、ノーザンライト領行きの券を取り出して魔力を込めますと。

目の前の世界がゆっくりと滲み、意識がスッ、と飛びました。

ゆっくりと意識が戻ります。

時計を見て、私たちがチケットを使った時間から数十秒も経っていないことが確認できましたけど、まさか、ここに出るとは思ってもいませんでしたね。

私たちの目の前には、ノーザンライト領のアーレスト邸が立っています。

はい、いきなり門柱横に転移したようです。

あまりのことに呆然としていると、突然門番の人たちがこちらに向かって身構えました。

「貴様たちは、どこから来た？　ここはアーレスト伯爵邸であり、許可なきものは立ち入ることが許されていない」

あら。認識阻害の効果が切れるまで立ち尽くしてしまうとは、失態ですね。

「何か身分を証明するものはないか？　もしもないならば……町役場に向かって、面会のための申請書を出してくる……と……いえ、どうぞ」

職務に忠実な門番ですが、いきなり態度を柔軟にして私たちを通してくれます。

「ノワールさん、何かしましたか？」

「いえ？　クリスティナ様に対しての無礼な言葉遣いに、どうしたものかと睨みつけたまでですけど」

「はぁ……それでは駄目ですよ。あの、私は旅の商人です。名前はクリスティナ・フェイール。こちらが【身分証《みぶんしょう》】です。こちらのお屋敷に来たのは、珍しい商品を伯爵様にお買い上げいただくためです」

淡々と説明しつつ、ギルドの会員証も提示します。

「なるほど、それではしばしお待ちください」

すると、門番の一人が、慌てて屋敷へと走っていきました。

その場で待つこと少々。

先ほど走っていった門番の方が、男性を伴って戻ってきましたけど……

「ほう、フェイール商店の者か。久しいな」

げっそりと痩《や》せ細《ほそ》ってしまったお父様が、目の前にやってきました。

瞳からも生気をあまり感じませんし、本当に闇の精霊に支配されていたのですね。

「はい。本日は、伯爵様の健康のためによいものをと思い、お持ちしました」

「わかった。入れていいな？」

お父様が門番に確認すると、ゆっくりと門が開かれます。

屋敷で人に会うのも監視がつくのかもしれません。

「では、失礼します」

「うむ、息災で何よりだ」

そのまま私とノワールさんは、屋敷の居間へと案内されました。

居間では、お父様と継母の二人が、私の前に座っています。

二人とも痩せ細ってしまっていましたが、心なしか、継母も憑《つ》き物《もの》が落ちたかのような晴れ晴れとした顔つきに感じます。

「さて。どこから話せばいいのか……」

少し考えながら、お父様はゆっくりと、記憶を紐解くかのように話を始めました。

すべては、オズワルド公爵と手を組むふりをして、彼を密かに操っていた魔族の企みから始まったそうです。

彼ら魔族にとっては、魔術こそが最大の弱点。

物理的な攻撃に対してはある程度の耐性を持つ魔族が恐れるのは、精霊の加護を持つ大魔導師と、古《いにしえ》の叡智を持つ大賢者。

そのうち、現在まで初代の血を残しているのはアーレスト侯爵家だけです。

それゆえに、魔族はアーレスト侯爵家の血筋を断つところから始めたそうです。

闇の精霊に支配されている間も記憶はすべて残っているそうで、継母は下を向いて涙を流し続けています。

「ごめんなさい……父が、魔族などに操られなければ、こんなことにはならなかったの……そうよ、魔族、すべては魔族が悪いのよ……それはわかってくれるわよね！」

「やめないか！」

「ヒッ！」

哀願するような目をしながら、継母は私に頭を下げますが、お父様に一喝されました。

私の後ろに立つノワールさんからも、怒りの波動とでもいうのでしょうか、それがヒシヒシと感じ取れます。

「闇の精霊に支配されていたとはいえ、私たちがクリスティナに行った仕打ち、謝って許されるものではない。だが、これだけは信じてほしい……」

そう告げてから、お父様は、私の目を見て一言。

「クリスティナは、私にとってはかけがえのない大切な娘である。それは今も変わらない……すまなかった、クリスティナ」

丁寧に頭を下げ、お父様がそう話してくれました。

――ッツ……

頬を伝う涙は、悲しかった私の気持ちそのもの。

そして真実を知って、嬉しかった私の思い。

「わかっています。お父様は、昔も今も変わりません。操られていたから、本意ではなく、あのような仕打ちをしていたのです」

「本当に、すまない……」

「私も、あの時に精霊の契約などさせてしまって。あなたを王都から追い出すなんて、本意ではなかったのに……ごめんなさい」

継母も頭を下げてくれました。

チラッと後ろを振り向くと、ノワールさんもため息をついて頷いています。

はい、ブランシュさんほどではないにせよ、私に対して嘘をついている、悪意を持っているというのはノワールさんも感じ取れるそうです。

今回継母は嘘をついてはいない様子。

「お顔を上げてください。すべては魔族に操られてのこと。私は、すべてを許します」

「そうか……」

安堵の表情を見せるお父様たち。

さて、これですべての謎は解けました。

でも、私はアーレスト家ではなくフェイール家のクリスティナです。

「では、私はそろそろ戻ります」

「商人は続けるのか。もう、ここにずっといても構わないんだぞ？　ここは、お前の家でもあるのだから」

「いいえ。ここは、アーレスト家のお屋敷です。私はクリスティナ・フェイール、ここに逗留《とうりゅう》することは許されません」

キッパリと告げます。

そして落胆したお父様に、さらに一言だけ。

「ですが、たまに遊びに来ます。その時は、また、昔のように受け入れてください」

頭を下げて、私は部屋から出ます。

これ以上は、ここにいてはいけない。

そう思ったから、屋敷を後にしました。

「クリスティナ様、よろしいのですか？」

ノワールさんも、私を気遣ってくれています。

でも大丈夫。

私はそんなに弱い女ではありません。

何も知らないお嬢様だった時から、少しぐらいは成長していますから。

「ええ、問題ありませんよ」

「でも、せっかくお土産にと薬用酒を買っていたではありませんか？」

――ドダダダダダダダ！

はい、大急ぎで屋敷に入って荷物を手渡し、また戻ってきましたよ。

涙の別れ、感動の別れも台なしにして。

ポカーンと口を開けていたお父様と継母の顔は、しばらく忘れそうにありませんし。

しばらく、帰ってきたくないですね。

恥ずかしくて。

エピローグ

港町サライで行われた開港祭。

それが終わって三日後、柚月さんたち勇者一行はようやく到着した船に乗り、急ぎ沿岸航路を伝ってメメント大森林の南方の港町へと向かうことになりました。

私は柚月さんに頼まれて、船旅の間の娯楽用品と追加の商品を仕入れると、それらの納品を終えて彼女たちの船を見送りました。

気のせいかもしれませんが、船の上で私に向けて手を振っていたのは勇者の皆さんだけではなく……ええ、フェイール商店で買い物をしていた騎士の皆さんも、名残惜《なごりお》しそうにしていましたよ。

そして私たちも荷物をまとめると、翌日には次の目的地である北方のシャトレーゼ伯爵領・交易都市メルカバリーへと向かうことにしました。

移動方法は、いつもの乗合馬車。

旅行券を使うまでもない距離ですからね。

サライから王都へと向かう定期馬車を待つため、私は停車場でブランシュさんとのんびりとした時間を過ごしている真っ最中です。

「なあ、姐さん……本当に、実家に戻らなくていいのか？　親父さんたちとは話し合いも終わらせたのだろう？　以前のように、また貴族の生活に戻るとか、王都のアーレスト商会で働くっていう道もあるんだぞ？」

私のことを心配してか、ブランシュさんが心配そうに話しかけてくれました。

でも、それはそれ、これはこれ。

以前の私でしたら、すべてが終わったので契約の精霊にお願いしてなんとか制約を解除してもらい、家に戻る算段を立てていたかもしれません。

ですが、私は家を出てから今まで、多くの人と触れ合い、さまざまなことを学んできました。

その大切な縁を忘れて、また実家に戻るという選択肢は、今の私にはありません。

「そうですね……まあ、そのうち、実家には顔を出すとは思いますけれど。今は、商人のクリスティナ・フェイールとして旅を続けたいと思っていますよ。ブランシュさんやノワールさんも一緒にいてくれますし、柚月さんたち勇者の皆さんとも大切なご縁が出来ましたからね」

「まあ、それならそれで構わないんだけれど……次はどこに向かうんだ？」

あ、そういえばブランシュさんには、まだ次の目的地を説明していませんでしたね。

「まず、交易都市メルカバリーへ向かいます。そこで露店を開いてから、次はハーバリオス東方にでも向かおうかと」

私が商人として初めて露店を開いた場所はメルカバリー。

そこから今度は東へ向かいます。

メメント大森林の北方にも、いくつかの都市がありますし、そこから東の山脈を越えて隣国に向かうのもよいかもしれません。

以前なら、国を出ることについてはお父様から止められていましたけれど、今の勇者御用達商人はこの私。

現在はハーバリオス国内が私の活動範囲ですが、これから先は、東方諸国やもっと遠くの国にまで販路を広げてみたいと思い始めました。

いつまでも、一つの国だけで商売をするのではなく。

もっと遠くへ、もっと大勢の人々に商品をお届けしたい。

初代カナン・アーレスト様は勇者としての活動を終えてからは、この大陸の隅から隅へと旅を続け、そして多くの人々に商品をお届けしたと伝えられています。

それなら、私も初代が通った道を辿るように、色々な土地へと旅を続けたいのです。

「まあ、クリスティナ様が望むようにするのがよろしいかと思います」

ふと、指輪からノワールさんも出てきて、そう私に告げてくれました。

あの、まだ昼前ですけれど、出てきて大丈夫……だったのですよね。

「そうだな。俺もノワールも、姐さんの従者だからな」

「そしてフェイール商店の従業員、ですよね」

にっこりと笑いながら、ノワールさんがそう呟いています。

本当に、私にはもったいない従者さんです。

いつもお世話になって、本当に頭が下がる思いですよ。

「お、そろそろ馬車の時間だな」

「では、私はこれで失礼します。ブランシュ、くれぐれもクリスティナ様に危険な真似をさせないように」

「ああ、しっかりと監視しているから大丈夫だ」

んんん？

あのお二人、その言い方ですと、私が何かやらかすことが前提のような気がするのですが。

むしろ、私は普通の商人でして、危険や事件が勝手に私のもとにやってくるのですけれど。

「はぁ、何やら腑《ふ》に落ちませんけれど」

私がトラブルメーカーのような言い方はやめてくださいよ。

「まあまあ、人生山あり谷あり。つまりそういうことだ。ほら、馬車も到着するみたいだぞ」

「また誤魔化しましたか……ええ、どうせ私には、波乱万丈《はらんばんじょう》な毎日が似合うのでしょうね」

まったく。

次の旅路も、楽しみがいっぱいですね。

月が導く異世界道中
Tsukiga Michibiku Isekai Dochu
あずみ圭
Azumi Kei
1~19
8.5
シリーズ累計360万部の超人気作!(電子含む)
TVアニメ第2期
2024年1月8日から 2クール 放送開始!
TOKYO MX・MBS・BS日テレほか
異世界へと召喚された平凡な高校生、深澄真。彼は女神に「顔が不細工」と罵られ、問答無用で最果ての荒野に飛ばされてしまう。人の温もりを求めて彷徨う真だが、仲間になった美女達は、元竜と元蜘蛛!? とことん不運、されどチートな真の異世界珍道中が始まった!
薄幸系男子の成り上がりファンタジー、開幕!
なんてだろう 親の都合で異世界へ
2期までに
原作シリーズもチェック!
●各定価:1320円(10%税込)
●illustration:マツモトミツアキ
1~19巻好評発売中!!
月が導く異世界道中 1
とことん不運、されどチート!!
漫画:木野コトラ
●各定価:748円(10%税込) ●B6判
コミックス1~13巻好評発売中!!

Re:Monster
リ・モンスター
金斬児狐
Kanekiru Kogitsune
1〜9・外伝
8.5
暗黒大陸編1〜3
シリーズ累計
150万部
(電子含む)
突破!
2024年4月
TVアニメ
放送決定!!
ネットで話題沸騰
怪物転生
ファンタジー
最弱ゴブリンの下克上物語 大好評発売中!
Re:Monster
リ・モンスター
金斬児狐
転生したのはまさかの最弱ゴブリン!?
【小説】
1〜9巻/外伝/8・5巻
●各定価:1320円(10%税込)
●illustration:ヤマーダ
新章
Re:Monster
暗黒大陸編
リ・モンスター
1
金斬児狐
最弱ゴブリンから最強黒鬼
そして新世界の伝説へ!
新たな旅が今始まる!
65万部!
新シリーズ!
【小説】
1〜3巻(以下続刊)
●各定価:1320円(10%税込)
●illustration:NAJI柳田
コミカライズも大好評!
Re:Monster
リ・モンスター
1
転生したのは…最弱ゴブリン!?
異世界下克上
サバイバルファンタジー
累計23万部突破!!
待望のコミカライズ!!
【漫画】
1〜10巻(以下続刊)
●各定価:748円(10%税込)
●漫画:小早川ハルヨシ

風波しのぎ
Kazanami Shinogi
シリーズ累計
250万部!
(電子含む)
THE NEW GATE
ザ・ニュー・ゲート
01~22
2024年 待望の
TVアニメ化!
コミックス
1~13巻
好評発売中!
風波しのぎ
THE NEW GATE
ザ・ニュー・ゲート
01.終わりと始まり
500年後のゲーム世界で繰り広げられる
絶対覇者《ハイヒューマン》無双バトル!
デスゲームと化したVRMMO−RPG「THE NEW GATE」は、最強プレイヤー・シンの活躍により解放のときを迎えようとしていた。しかし、最後のモンスターを討った直後、シンは現実と化した500年後のゲーム世界へ飛ばされてしまう。デスゲームから“リアル異世界”へ——伝説の剣士となった青年が、再び戦場に舞い降りる!
漫画:三輪ヨシユキ
各定価:748円(10%税込)
THE NEW GATE
ザ・ニュー・ゲート
1
デスゲームから500年後のゲーム異世界へ
絶対覇者降臨
新たなる無双伝説開幕!!
シリーズ累計15万部!
大人気ファンタジー待望のコミカライズ!
各定価:1320円(10%税込)
1~22巻好評発売中!
illustration:魔界の住民(1~9巻)
KeG(10~11巻)
晩杯あきら(12巻~)
アルファポリスHPにて大好評連載中!
アルファポリス 漫画
検索

異世界
子育てしながら冒険者します
ゆるり紀行
1~15
水無月静琉
Minazuki Shizuru
シリーズ累計
110万部(電子含む)
突破!!
2024年待望の
TVアニメ
化!
1~15巻
好評発売中!
コミックス
1~8巻
好評発売中!
子連れ冒険者の
のんびりファンタジー!
神様のミスで命を落とし、転生した茅野巧。様々なスキルを授かり異世界に送られると、そこは魔物が蠢く森の中だった。タクミはその森で双子と思しき幼い男女の子供を発見し、アレン、エレナと名づけて保護する。アレンとエレナの成長を見守りながらの、のんびり冒険者生活がスタートする!
異世界ゆるり紀行 子育てしながら冒険者します
水無月静琉
転生したら、双子を保護しました。
子連れ冒険者の異世界のんびりファンタジー!
異世界ゆるり紀行 子育てしながら冒険者します
水無月静琉
みずなともみ
1
転生したら、幼い双子を保護しました。
シリーズ累計15万部!!
◉各定価:1320円(10%税込) ◉Illustration:やまかわ
◉漫画:みずなともみ B6判 ◉各定価:748円(10%税込)

この作品に対する皆様のご意見・ご感想をお待ちしております。

おハガキ・お手紙は以下の宛先にお送りください。

【宛先】

〒150-6019 東京都渋谷区恵比寿4-20-3 恵比寿ｶﾞｰﾃﾞﾝﾌﾟﾚｲｽﾀﾜｰ19F
（株）アルファポリス　書籍感想係

メールフォームでのご意見・ご感想は右のＱＲコードから、
あるいは以下のワードで検索をかけてください。

アルファポリス　書籍の感想　検索

ご感想はこちらから

本書はWebサイト「アルファポリス」（https://www.alphapolis.co.jp/）に投稿されたものを、改題・改稿のうえ、書籍化したものです。

型録通販《かたろぐつうはん》から始《はじ》まる、追放令嬢《ついほうれいじょう》のスローライフ2

呑兵衛和尚《のんべえおしょう》

2024年 2月 29日初版発行

編集－藤長ゆきの・宮坂剛
編集長－太田鉄平
発行者－梶本雄介
発行所－株式会社アルファポリス
〒150-6019 東京都渋谷区恵比寿4-20-3 恵比寿ｶﾞｰﾃﾞﾝﾌﾟﾚｲｽﾀﾜｰ19F
TEL 03-6277-1601（営業） 03-6277-1602（編集）
URL https://www.alphapolis.co.jp/
発売元－株式会社星雲社（共同出版社・流通責任出版社）
〒112-0005 東京都文京区水道1-3-30
TEL 03-3868-3275
装丁・本文イラスト－nima
装丁デザイン－AFTERGLOW
印刷－図書印刷株式会社

価格はカバーに表示されてあります。

落丁乱丁の場合はアルファポリスまでご連絡ください。

送料は小社負担でお取り替えします。


ISBN978-4-434-33477-1 C0093